認知症を支える家族力

22人のデンマーク人が家族の立場から語る

ピーダ・オーレスン＋ビアギト・マスン＋イーヴァ・ボーストロプ❖編
写真❖ヘンレク・ビェアアグラウ
石黒 暢❖訳

新評論

訳者まえがき

　長年来のデンマークの友人と突然連絡がとれなくなりました。彼女は、私の度重なるデンマークでの調査を支えてくれた高齢者介護の専門家です。その後、共通の知人から、彼女が認知症になったこと、そして市の介護型住宅に入居したことを知らされました。症状はかなり進んでいて、家族や親しい人の顔も分からなくなってしまったということでした。
　私はその介護型住宅の近くまで行ったのですが、どうしても彼女に会うことができませんでした。仮に会ったとしても、私の顔が分からなかったらと思うと辛くて、どうしても住まいを訪ねるだけの勇気が出なかったのです。

　これは、１年ほど前のことです。会わないという自分の選択が正しかったのかどうか、正直言って今でも分かりません。ひょっとすると、彼女は私との再会を喜んでくれたかもしれません。辛い気持ちを味わうことを避けたいという自己防衛から彼女と会わないことを選んだ私は、お世話になった大切な友人に対してあまりにも冷酷な態度をとっ

たのではないかと、今でも罪悪感を感じています。

　大切な人の記憶から自分が消し去られてしまう悲しみ。これは、本書の執筆者達のほとんどが語っていることです。例えば、執筆者の一人は次のように書いています（第 1 章より）。
「母は、もう私のことを忘れてしまったのです。私が腰をかがめて母を抱きしめようとすると、母はおびえたように私を見上げました。私の目から涙があふれだし、それを抑えることができませんでした」

　自分の大切な人、愛する人を「死」ではなく「認知症」によって失う……それが自分のかけがえのない家族であったらどれほど心が痛むことになるでしょう。そんな悲しみを抱える人は、「高福祉国家」と言われるデンマークにおいても多数存在しています。

　ここで、デンマークと日本における認知症を取り巻く状況について簡単に見ておきたいと思います。面積は九州とほぼ同じという小さな国デンマークの人口は、約553万人、高齢化率は16.7％（2010年現在）で、人口の高齢化が急激に進む日本の23.1％（2009年現在）と比べると低くなっています。また、認知症の人は65歳以上人口の7.0％で、約62,100人（2010年）いると推計されています[1]。一方、日本における認知症の人の数は208万人で、65歳以上の7.2％（2010年）を占めると推計されています[2]。
　イエスタ・エスピン゠アンデルセン[3]の福祉国家類型論によると、デンマークは「社会民主主義的福祉レジーム」として分類され、普遍主義的に幅広い国民に社会保障を提供し、福祉供給の大きな部分を公的部門が担うという特徴をもっています。高齢者介護においても、デンマークでは行政、とりわけ基礎自治体が責任を負っており、介護型住

宅、高齢者住宅といった高齢者向けの住まいを供給するとともに、ホームヘルプサービス、デイサービスなどの在宅介護サービスを提供しています。

　日本においては、2000年4月から介護保険法が施行され、それによって家族の介護負担を軽減し、社会全体で高齢者の介護を担う体制づくりが進められてきました。さらに、従来のような認知症の人をベッドに縛り付けてその行動を抑制するような対処法から、次第に利用者本位のケアへと転換がなされてきました。また、介護サービスにおいては、小規模の生活単位を目指したユニットケアが発展し、小規模多機能ケアが制度化され、認知症をもっていても住み慣れた地域でこれまでと同じような生活が継続できるようなケアが追求されるようになってきました。

　社会の高齢化が一歩先に進んでいたデンマークをはじめとする北欧諸国の取り組みを参考にして、日本の認知症ケアは21世紀になってから大きく進歩してきたと言えます。しかし、日本社会は他国に例を見ないほどのスピードで高齢化が進んでおり、世界一の長寿国となっているのが現実です。高齢化率は年々増加し続け、2030年には31.8％、2055年には40.5％になる見込みです[4]。言うまでもなく、それとともに認知症にかかる人も急増するため、それに対応する社会の取り組みが緊急課題となっています。

---

(1) Danmarks Statistik 統計資料, Lee, Anne. 2003. *Pleje- og omsorgsmetoder til demensramte: Et litteraturstudie af den dokumenterede effekt.* Socialministeriet, 国立社会保障・人口問題研究所『人口統計資料集（2010年）』
(2) 厚生労働省資料、2003年、高齢者介護研究会報告書『2015年の高齢者介護』
(3) （Gøsta Esping-Andersen, 1947～）デンマーク出身の社会学者。専門は福祉国家論で、福祉国家類型論を提示したことで知られる。現在、スペインのポンペウ・ファブラ大学教授。
(4) 国立社会保障・人口問題研究所「日本の将来推計人口（平成18年12月推計）」

日本とデンマークの高齢者を取り巻く環境を比較してみると、大きく異なることの一つとして、デンマークでは子ども世帯と一緒に住む高齢者がほとんどいないということが挙げられます。日本の高齢者も子どもと同居する割合が年々減ってきてはいますが、それでも2007年の同居率は43.6％（平成21年版『高齢社会白書』より）となっており、半数近くが子ども世帯と一緒に住んでいることが分かります。

　デンマークでは、高齢者は一人暮らしか夫婦のみの世帯であるということを前提として介護サービスが提供されています。だからといって、子どもが高齢となった親の生活にまったくかかわらないというわけではありません。別居しているために介護そのものに直接かかわらなくても、高齢者と子どもの交流は頻繁なのです。

　確かに、デンマークでは、必要な介護や家事は社会サービスが担っていますが、高齢者の精神的な支えになったり、細々とした日常の雑務を手助けしたりすることは社会サービスでは担い切れないため、家族や友人、ボランティアの出番となります。

　デンマークにおいても、認知症の人の家族は複雑かつ困難な状況に置かれています。認知症の人それぞれとその家族が抱えている問題や思いは様々であり、その人達一人ひとりの声に耳を傾けることでしかそれらの問題を明らかにすることができないでしょう。その意味で、認知症の人の家族一人ひとりの生活や内面に焦点をあてて、率直な「語り」を引き出した本書は大きな意義をもっていると言えます。

　困難な状況に置かれた人々がどのような思いを抱えて生活しているのか、そして、そこに社会がどのようにかかわり、手を差し伸べていけばいいのかなど、国境を越えて考え議論していく機会を与えてくれる本だと言えます。

　その一方で、本書には独特の力強さも兼ね備わっています。本書を

執筆した認知症の人を抱える家族らは、様々な感情や課題をふまえながら与えられた運命と向き合い、想像力を駆使して——時にはユーモアを交えたり他人の力を借りたりしながら——日常生活を切り抜けています。読者である私達は、そこから計り知れない「家族力」を感じることができます。私達が生きていくうえで必要とされる勇気を与えてくれること、それがまさに本書の本質的な価値であると思います。

　本書は、デンマークで出版され、大反響を呼んだ「デンマークの悲しみと喪失のシリーズ」のうちの1冊を抄訳したものです（内容の重複を考慮して、3人分の手記を割愛しています）。同シリーズからは、2008年に『高齢者の孤独〜25人の高齢者が孤独について語る』（ピーダ・オーレスン＆ビアギト・マスン編、石黒暢訳、2008年、新評論）が邦訳の第一弾として出版されており、本書の『認知症を支える家族力』は同シリーズの2冊目の翻訳となります。

　本書の翻訳・出版にあたっては、たくさんの方々にお世話になりました。菅原邦城先生、新谷俊裕先生、田辺欧先生には、訳出にあたって大いに御教示いただきました。また、マーチン・パルダン＝ミュラー（Martin Paludan=Müller）、リーヴァ・ヒュデル＝サアアンスン（Liva Hyttel-Sørensen）の両氏は、訳者が理解しにくい原書の部分を丁寧に解説していただきましたし、大阪大学男女共同参画推進オフィスの研究支援員制度によりお手伝いいただいている研究補助員の宮崎恵さんには様々な事務作業をサポートしていただきました。そして、株式会社新評論の武市一幸さんには忍耐強く翻訳作業にお付き合いいただきました。お世話になった皆様に心からお礼を申し上げます。

2011年1月

石黒　暢

もくじ

訳者まえがき　1
はじめに　11
編者による序文　14

❶ 影が私達を覆う時　エレン・ボイガト　17
❷ 誰かに助けてもらわないと　ギデ・イズモン　29
❸ 父の病気によって私達は団結した
　　イェスパ・イェスパスン　39
❹ 死より辛い現実　グレーデ・クレステンスン　49
❺ 無に向かって　ギダ・クレステンスン　55
❻ 私の祖母　ピーダ・トゥズヴァズ　67
❼ 親愛なるお父さんへ　スサネ・オーオン　83
❽ 幼い頃の私達しか覚えていない母
　　ハネ・ヴァーミング　87
❾ 耐えがたい苦痛　アラン・イェンスン　91

⑩ 素晴らしい叔母達　　リスベト・スミト　　101

⑪ 私の母のポートレート
　　アネ・グレーデ・ヤコプスン　　111

⑫ 既婚なのに夫がいない　　ヨハネ・ピーダスン　　117

⑬ 忍びくる病気　　クアト・ラスティ　　129

⑭ 振り返ってみて　　インガ・イェンスン　　137

⑮ 空虚な眼差し　　グレーデ・ヤアアンスン　　145

⑯ 50歳でナーシングホームに
　　リスィ・コンドロプ・イェンスン　　151

⑰ 父と運命を共にするか？　　トニ・クリュスナ　　159

⑱ アルコール依存による認知症
　　シャロデ・フロスト・ヘンレクスン　　167

⑲ 母親が認知症になるという体験
　　ビアギト・ハンスン　　175

⑳ 日に日に遠くなっていく
　　セーアン・B・アナスン　　187

㉑ 母も同じくらい苦しんでいる
　　リス・ソーラリンソン　　193

㉒ 暗闇がゆっくりと夜を覆う時
　　ハネ・ブラント　　205

おわりに　219
あとがき　222
関係機関の連絡先（デンマーク）　224
関係機関の連絡先（日本）　225

凡例

＊各著者の顔写真は原著に掲載されていたもので、その他の写真は訳者が撮影したものである（ただし書きがある場合は除く）。

＊デンマーク語の固有名詞のカタカナ表記は「デンマーク語固有名詞カナ表記小辞典」（新谷俊裕・大辺理絵・間瀬英夫、2009年、大阪大学世界言語研究センターデンマーク語・スウェーデン語研究室）に拠る。

＊脚注はすべて訳注である。

認知症を支える家族力──22人のデンマーク人が家族の立場から語る

Peter OLESEN, Birgit MADSEN, Eva BOSTRUP
PÅRØRENDE OM DEMENS
© THANING & APPELS FORLAG

This book is published in Japan
by arrangement with THANING&APPELS FORLAG
through le Bureau des Copyrights Français, Tokyo.

はじめに

　このたび私達は、心を打つ語りと繊細なメッセージが綴られた素晴らしい本の出版にかかわる機会に恵まれました。この話をいただいた時、私達「高齢者基金」(1)は迷うことなく即答し、全面的な支援を表明しました。そして、本書によって高齢者の置かれた状況や彼らの人生が広く世の中に知られることを大変うれしく思っています。また、本書に掲載されているような認知症の人を抱える家族が送る人生について、一般の人々の理解が深まることを願っています。

　ヘアマン・コク牧師が1910年に「孤独な高齢者を守る会（Ensomme

---

(1)「孤独な高齢者を守る会（Ensomme Gamles Værn）」が1986年に EGV 基金（EGV-Fonden）という名称に変更され、同時に、高齢者問題全国連盟（Ældre Sagen）というデンマーク最大の高齢者組織を発足させた。EGV 基金は1992年に高齢者基金（Ældre Fonden）という名称に変更されたが、その後2003年には、再び「EGV 基金（EGV Fonden）」という名称となった。

Gamles Værn)」を設立したのは1910年のことでした。そして、1992年に名称が「高齢者基金」に変わりました。

　基金の目的は、高齢者が自分らしい自立した生活を最高の環境でできる限り長い間継続できるよう支援すること、高齢者が社会の一員として生き生きと尊厳をもって生きることができるように支援すること、そして高齢者のニーズにあった活動を展開することです。以前は、高齢者のニーズにあった適切な住宅を供給することが高齢者基金の活動の大きな部分を占めていましたが、現在では、このような住宅供給が主に自治体によって担われているため、私達は別の活動にシフトしてきています。

　とりわけ私達は、高齢者の孤独を和らげる活動に力を入れています。人生を前向きに生きようとする人にとって障害物となるのが孤独です。様々な能力や人生を楽しむ力をもち続けていたとしても、孤独が大きな妨げとなりうるのです。

　高齢者の孤独の原因を明らかにしたいと考えた私達は、ある研究プロジェクトを開始し、これまでに研究者との協議も重ねてきました。このプロジェクトはしばらく継続する予定で、孤独の問題についてさらに深い洞察を得て、孤独感を軽減するために何が必要かを検討していきたいと思っています。

　病気になることは孤独につながるものです。特に認知症は、日常から隔離された非常に特殊な孤独につながると考えられます。認知症は家族に無力感を与えるものであり、本人だけでなく家族にとっても辛い病気と言えるでしょう。

　現代を生きる私達は、毎日忙しく、ストレスを感じながら生活を送っていますが、人間同士の交流（コミュニケーション）が人生において最も大切なものであるということを忘れてはなりません。

ここに、哲学者K・E・ルーイストロプ[(2)]の言葉を引用します。

> 人は、いつも互いの人生に影響を与えている。
>
> その影響は、ほんの小さなものにすぎないこともある。他人と交わることが、一瞬その場の空気を変化させたり、前向きな気持ちを萎ませたり高めたりする。また、不快な気分を強めたり弱めたりすることもある。
>
> しかし、とてつもなく大きな影響を与えあうこともある。誰かの人生が幸せなものになるかならないかによって、自らの人生が左右されることもあるのだ。

　　　　　高齢者基金　代表
　　　　　ヘンレク・クヴィスト（Henrik Qwist・弁護士）

---

(2) (Knud Ejler Christian Løgstrup, 1905〜1981) デンマークの著名な哲学者・神学者。

編者による序文

　毎年、約2万人ものデンマーク人が認知症を発症しており、多くの人々の人生に多大な影響を与えています。かつてはこの病気について何も知られておらず、高齢者が「子どもに返っている」と表現されていましたが、現在は「認知症」、「アルツハイマー病」という用語があてられています。

　有効な治療法の確立まであと一歩というところまで来ていますが、まだ実現には至っていません。自分の身近な人（夫や妻、母親や父親、兄弟姉妹）が内面的にまったく変容してしまうというのは「辛い」としか言いようのない経験となります。

　私は自分の両親を早くに亡くしたため、親が認知症になってしまったという経験はありませんが、12～14年前に、親しい同僚であり友人であった人が重度の認知症になってしまいました。変わってしまった彼の行動に向き合った時、人は何と無力なのだろうとつくづく思いま

した。彼がおかしなことを聞いてきた時や、こちらが発する質問とまったくかみあわない返答をしてきた時にはどうすればよいかまったく分からず、困り果ててしまいました。

初めはそのことについて触れないようにし、何事もないかのように振る舞っていましたが、ある時、私は勇気を奮って彼の妻に尋ねました。

「彼はいったいどうしてしまったんだい？　医者には診てもらったのかい？」

最初、彼女は口を閉ざしていましたが、次第に話してくれるようになりました。話せるようになったことはよかったと思いますが、やはり日々の介護は彼女にとって重い負担であって、予測のつかないものでした。

これまでは非常に知的だった男性が、時には野生の動物のようにかたくなに引きこもり、周囲を困惑させました。しかし、夫に尽くす気持ちと愛情は決して消えることはありませんでした。私が目の当たりにしたその夫妻の姿は、このような悲惨な状況のなかにあっても光り輝く大変美しい光景だったのです。

当時は、認知症についてまだあまり社会で議論されていませんでした。その後、社会で大きく取り上げられるようになったこともあり、若年性であれ高齢の認知症であれ、認知症の人にかかわるすべての人の置かれている状況は大きく前進しました。

私は認知症に焦点を当て、本書をクローウ出版の「悲しみと喪失のシリーズ（Serie om sorg og savn）」の1冊として多くの人々に読んでもらいたいと考え、出版に着手しました。本書が、同様の状況にあるたくさんの家族の大きな支えとなることを心から願っています。

本書が鏡のような役割を果たし、このような対処しがたい問題に向き合っているのは自分だけではないということに気づいてもらえるとうれしいです。そして、本書を読むことによって一筋の希望を得たり、あるいは思わずほほ笑んだり、笑ってしまったりしていただけると望外の喜びです。ときには、悲しい状況を面白おかしくとらえて笑わないと、人はやっていけないと思います。
　本書が人々の心を支え、癒すことを祈っています。

ピーダ・オーレスン（Peter Olesen）

1 影が私達を覆う時

エレン・ボイガト（Ellen Beuchert）
1949年生まれ。牧師。
1996年に認知症の86歳の母親を亡くす。

　私は、ナーシングホームの認知症ユニット[(1)](に入ると、すぐに母を見つけました。彼女は、その仕切られた小さなユニットの共用リビングルームに置かれたテーブルのところに、5人の入居者と一緒に座っていました。ちょうど、職員と一緒に午後のコーヒーを楽しんでいるところでした。

スヴェンボーにある高齢者施設

(1) 要介護度が高く、自宅で生活を送ることが困難な高齢者が入居する施設。現在、デンマークのナーシングホームのほとんどが居住性の高い介護型住宅へと転換している。

私が入ると、みんなが振り返って私のほうを見ましたが、私の母はあまり関心なさそうにゆっくりと私のほうに視線を向けました。母の表情には喜びのかけらも感じられず、私にもまったく気づいていないようでした。母は、もう私のことを忘れてしまったのです。

　私が腰をかがめて母を抱きしめようとすると、母はおびえたように私を見上げました。私の目から涙があふれだし、それを抑えることができませんでした。この日から6年たった今でも、涙を流しながらこの原稿を書いています。

　ナーシングホームを訪れてから1年後に母が亡くなりましたが、葬儀の時、私は涙を流しませんでした。私にとって母が亡くなったのは、私を忘れてしまった日だったからです。その日、私はもうすべてがどうでもよいという気分になりました。

　これほど母に「置いていかれた」ことに心を痛めたことはありません。そのことに自分で驚き、さらに自分に対して怒りも感じました。なぜなら、私も家族をもつ40代半ばの立派な大人だからです。それに、母が亡くなる前からすでに、長きにわたって母が少しずつ遠い国へ行ってしまうという経験をしてきたにもかかわらず、これほど心を痛めるとは思いませんでした。

　病院で牧師として働いている私は、自分の受けた教育や仕事のおかげで認知症のことはある程度理解していましたし、このような状況に対しても心の準備ができているので、もっとうまく対処できると思っていました。しかし、ナーシングホームに行ったその日、近しい人に対しては専門家のように対処できる人などはいないという事実に直面したのです。それに、いくら専門的な知識をいくらもっていても、私達人間は自らの感情をコントロールすることはできないのです。

　母が亡くなる3週間前、私はナーシングホームに母を訪ねました。

母は大腿骨骨折による手術を終えて病院から帰ってきたばかりで、麻酔の影響もあって、わずかに残っていた言語能力も失われていました。私達は、母とコミュニケーションをとることがもうできないと感じました。とっさに、私の夫がソファの上にあった人形を手に取って、その人形にしゃべらせてみました。夫が人形を動かすと、母はとても喜びました。私達とはコミュニケーションがとれなくても、人形とはとることができたのです。その時、母が言ったのは「ネコちゃん、ネコちゃん」だけでした。

　しかし、1時間ほどあと、私にとっては奇跡とでも言えるようなことを経験しました。母に食事をあげていると、母の目が突然喜びで輝き、「なつかしい声」で次のように言ったのです。

「あら、エレン、ここに座っていたのはあなただったの」

　それは一瞬のことでした。その後、すぐに闇が母を覆い尽くしてしまいました。しかし、私にとっては、この一瞬がかけがえのない贈り物でした。

　私の家族で認知症を患った者はほかに誰もおらず、私の知る限り母が初めてでした。母は高等教育修了後に別の高等教育に進学するほど才能のあふれた女性でしたが、私達家族にとっては何の慰めにもなりませんでした。

　認知症にかかるまではとても繊細で几帳面だった母の人格が、徐々に変わっていく過程を見続けることは大変辛い経験でした。母は様々な能力を失い、家は汚くなり、健康を害する恐れも出てきました。それは、本当に惨憺たる状況と言えるものでした。

　父が亡くなったあとも母は、この広くて使い勝手の悪い一戸建てに住み続けました。その家は、父が経営していた会社と棟続きになっていました。

会社は父の亡くなる前から少しずつ事業を縮小し、何度か母に「会社の建物と住居を売却しよう」と父は話していたのですが、母は首を縦に振りませんでした。母は、建物さえ所有しておけば何とかなるという考えをもっていたようです。弟と私も、「工場の建物は老朽化すると価値が下がってしまう」と母に言ったのですが、母は聞く耳をもちませんでした。

奇妙な行動

　母の認知症は、その典型的な症状を見せ始めました。鍋ややかんを火にかけたまま忘れてしまうのです。数時間後、弟が台所に入るとそこらじゅうが煙だらけで、鍋とやかんが真っ黒になっているというありさまでした。

　母はネコが大好きで、ずっと飼っていましたが、これまでにそのことで問題が起こったことはありませんでした。そんな母が奇妙な行動をとるようになったのです。例えば、認知症になってからネコを何匹も集め始めました。家の中も外もネコだらけになったのです。すっかり「ネコの誘拐犯」になってしまった母は、散歩をしている時にネコを見つけると、自分のネコだと思い込んで家に連れてくるようになったのです。しかし、ネコが逃げないように慎重に閉じ込めていたので、母は意識のどこかで自分のネコではないということが分かっていたのかもしれません。

　最初はあちこちにネコのトイレを置いていましたが、除々に世話ができなくなっていきました。その不衛生さと悪臭については、ここで詳細に描写する必要はないでしょう。ソファにまでネコの排せつ物が

あるために座ることもできないし、寝室の掛け布団にまで排せつ物が見られました。そこらじゅうに排せつ物があることから考えて、ネコはそこで用を足すしかなかったのでしょう。そのため、家じゅうのカーペットにはノミが繁殖していました。

　友人とも次第に疎遠になっていったようです。友人達も、母の家に来ることが耐えられなくなったのでしょう。認知症が進行するに従って、母は孤独になっていきました。私は「どこかに掃除サービスを依頼しよう」ともちかけたのですが、それすらきっぱりと断られました。

　まもなく、認知症に典型的な別の症状が出てきました。「物を盗まれた」と言うのです。物がなくなり、奇妙な場所でそれが見つかりました。誰にも取られないように母が隠していたのです。しかし、その一方で見つからないものもありました。

　ある時、市から、父の会社の建物を「生涯教育施設として利用するのに最適な物件であるから買い取りたい」という連絡が入りました。母は売却することに相変わらず反対していましたが、弟と私が、半ば脅すように説得して契約書にサインをさせました。それが最良だと考えていた母の弁護士とも相談したうえでのことです。

　弁護士は、工場が生涯教育施設となっても、母が望む限りずっと現在の住居に住み続けることができるという、これ以上はないと思われるよい条件を市からとりつけました。

　契約書にサインすると、母は忙しく動き始めました。工場には未完成の製品など、売れない物がたくさん置かれたままでした。売れる物は、父が工場を閉鎖した時にすべて売ってしまっています。そんな残り物でも大きな価値があると言い張る母は、それらを家に運び入れようとしたのです。それを止めるのが大変でしたが、結局、完全に止めることはできませんでした。

1週間ほど、母の片付け作業を私は手伝いました。そんなある日、母が「パン屋さんでフランスパンを買ってきてほしい」と言いました。母は小銭を渡そうと現金をしまっている戸棚のところに行き、糸巻きを手に取って私に手渡し、それでフランスパンを買って来いと言うのです！

　一緒にいたある時、母が脳卒中を起こしました。私の腕のなかで母が死ぬのではないかと怖くなりました。医者を呼んで診てもらったところ、幸いにも入院の必要はないということでした。しかし、これが切っ掛けとなって、母が毎日配食サービスを受け、ホームヘルプを受けることが決まったのです。その手続きを進めるのはとても大変でしたが、私は「絶対に必要！」と言い続けました。とはいえ、実際に母がどれだけの食事を口にしていたかは分かりません。ほとんどネコにやっていたのではないかと思っています。というのも、私が遊びに行くと、母の皿が床に置かれていることがよくあったのです。

　市が工場を買い取ってからは、この辺りに活気が戻ってきました。生涯教育施設に来る人達が、善意から母の住まいに顔を出しておしゃべりをするようになったのです。しかし、まさにそのことと、入れ替わり立ち替わり来るヘルパー達が母の認知症を悪化させることになったのです。特に社交的な性格でなかった母は、人が頻繁に出入りすることに耐えられなかったのです。

・・・　パニック障害の発作と幻覚　・・・

　その結果、母はパニック障害の発作を起こすようになりました。また、物を盗まれたという被害妄想がひどくなりました。実際、いろい

ろな物がなくなっていたと思います。それと同時に、幻覚も始まりました。強い不安感から、取り乱して私に電話をかけてくることもありました。「部屋に6人の男がいてトランプをしている」と言ったり、「1人の男が階段を上ってきて寝室に入り、ベッドに横になった」と言ったりしました。母が見たというのはいつも男性で、とても怖がっていました。

　ある時、電話をかけてきて、「家のなかにいるのが怖いので、地下室で横になっている」と言いました。冷たくて湿気のある地下室の床なんかに寝ていたら病気になると思い、市の在宅介護部に電話をして、訪問看護師に見に行ってもらうようにお願いしました。この時期、私は頻繁に在宅介護部に電話をしていたので、きっと担当者はうんざりされていたと思います。でも、遠いところに住んでいる私にはそうするしか術がなかったのです。

　親しい友人の力を借りることもありました。その友人は、ユトランド半島南部から母のところまで行って様々な問題の解決に手を貸してくれました。私を駅まで迎えに来て、母のところまで送ってくれたこともありました。その日は、私に来るように母が頼んできたのですが、実際に訪ねると、母はドアを開けながらもよそよそしくて様子がおかしかったので、不思議に思いました。コーヒーカップを前にして私と友人が座ると、突然母が話し始めました。

「あなた達が誰だか分かったわ！　さっきから、私を訪ねてきたこの年配の人達はいったい誰かしら、と思っていたの」

　年配の人達——私はその時まだ40歳にもなっていなかったのです。

　また母は、自分の服をハサミで切り刻むことがありました。次の日にそれを見て、「誰かが家に侵入した」と言いながら怖がって大騒ぎをしたのです。

それ以外にも、お金の管理に関してひどい状況が続きました。市は年金を小切手で支給するのですが、それを管理することができなかったのです。もちろん、私達は市に状況を説明しましたが、何もしてもらえませんでした。小切手が来たらすぐに弟が預かることにしましたが、間に合わないとやはり紛失となってしまいました。捨ててしまったのでしょうか？　おそらくそうでしょう。

　こんなこともありました。年金の小切手を花壇で見つけたある女性が母をしかりつけたと言って、泣きながら電話をしてきたのです。

　このころから、母は別の妄想に取りつかれだしたのです。弟が母のホームヘルパー達と性的関係をもったと言って責め始めたのです。ホームヘルパー達が弟よりも30歳年上であるということは、母にとってはまったく意味をもちません。

　またある時、私があるイベントでスピーチをした男性と一緒に写った写真が新聞に載ったので、母が喜ぶと思って私はその切り抜きを送りました。すると母は、「お前は男性なしではいられないのか」と言って私を叱りつけたのです。そのうえ、私の「不道徳な生活」についてホームヘルパー達を相手に愚痴ったのです。

・・・　どうしようもない状態　・・・

　次第に母の状態はひどくなり、このまま放っておけないというところまで来ました。弟は教育課程を終え、200～300km離れたところで働くことになりました。それまで何年にもわたって弟は週に2回、母の様子を見るために自分の家と母の家を往復していました。実は、この時期、弟と私の仲が一番険悪になった時期でもあります。

弟は、私が遠距離の地にいることや、家族や仕事を言い訳にして少ししか母の面倒を見なかったことに対してよく思っていませんでした。無力感や、見捨てられたような気持ちを味わっていたのだと思います。私には、弟の気持ちがよく分かります。弟は、思いやりをもって母の面倒を見てくれたと思います。本当に、弟には感謝しています。

　ある時、市の在宅介護部に呼び出され、母のひどい生活状況について忠告を受けました。担当者は、現在のような状況では責任がとれないと言ったあと、「このような状態が続くようであればホームヘルパーを派遣することができない」と言ったのです。これを聞いた弟は言葉を失いました。弟も私も、母がナーシングホームに移ることに同意しないことをよく知っていただけに強制的にでも話を進めなければならなかったのですが、弟は踏み切れないようでした。

　母のためと思って私は、長年にわたって母の弁護士を務めている人物に連絡をとり、「母を訪問して、意見を聞かせてほしい」と頼みました。何年も母と会っていなかった弁護士は、かつては几帳面であった母の荒れ果てた状態に大きなショックを受けました。母が弁護士にメモ用紙を渡そうとしたのですが、何とそれは年金の小切手だったのです。それが何であるかを理解していないことは明らかでした。

　母のところで何時間か過ごした弁護士は、母がナーシングホームに移るべきであるということに疑いを差しはさむ余地がないと考えました。母の尊厳にかかわる問題でしたし、放っておくことができない状態でした。私と話したあと、弁護士はナーシングホームの入居申し込み書を入手して、何とか母にサインをさせました。

　市が助けてくれたおかげで、引っ越しそのものは私達が手伝わずにすみました。市は私達には無理であると理解したようで、母がある程度信頼を置いているホームヘルパー達の助けを借りて引っ越しを無事

に終えることができました。

しかし、母がナーシングホームになじむまでは大変でした。「こんなところにいたくない」と言ったり、悲しそうになったり攻撃的になったりと、母の状態は常に変化していました。

ある日曜日、母に殴られたホームヘルパーがショックを受けて電話をしてきました。母は決して暴力的な性格ではありませんが、自分が暴力を受けたと思い込んで、それに対するやりきれない思いから暴力行為をしてしまったようです。

母から暴力を受けたホームヘルパーは大きなショックを受けており、その感情の矛先が私に向けられました。そのヘルパーは、「ナーシングホームに置いておくことはできないので、精神障害者向けのナーシングホームに閉じ込めておかなければならない」と言いました。その日、あまりにも辛くて私は涙を流しましたが、次の日にはナーシングホームの施設長に連絡をして、母が精神科医の診断を受けることに同意しました。

診断した精神科医が、母をナーシングホームから退去させる理由は見当たらないと判断したため、幸いにも退去せずにすみました。しかし私は、この不安定な移行期においては、母を薬でおとなしくさせることに同意せざるを得ませんでした。言うまでもなく、それは辛い決断でした。

ナーシングホームに入居しているある人が、許可をもらって飼い犬と一緒に住んでいました。その犬が気に入ってしまった母が独り占めにしようとしたため、この2人がしょっちゅう喧嘩をするようになってしまいました。結局、その犬はナーシングホームから出すことになったのですが、認知症の人にとって動物がとても有益であることが分かったため、ユニットの外に羊小屋が建てられました。喜んだ母は、

豊かな自然の風景を眺めることができる認知症ユニットの居室。馬が放牧されている

垣根のところで何時間も羊を見て過ごし、子羊に哺乳瓶でミルクをやったりしていました。母は羊を見ると「ネコちゃん、ネコちゃん」と言っていたのですが、羊はそれでも嬉しそうに母のところに寄ってきました。

　私の印象から言うと、ナーシングホームにいた2〜3年は母にとって幸せな時間だったと思います。入居当時は大変でしたが、次第に落ち着き、人間としての尊厳を取り戻し、清潔に身なりを整えてもらい、きれいな服を着せてもらい、昔のようにいつも髪をセットしてもらっていました。楽しそうで、スタッフも母に好意をもってくれていることが分かりました。

　半ば強制的に入居させなければならなかったことや、それによって母が悲しそうな表情を見せたことは辛かったのですが、手厚いケアに母を委ね、嬉しそうな母を見ることによって大いに安堵できました。母のできることが日に日に少なくなっていくにつれ、ある意味で母は、ますます幸せになっていくように感じました。母は、過去でもなく未

来でもなく、その瞬間を生きていたのです。その瞬間が素晴らしいものであったため、母は幸せだったのでしょう。

激しい怒り

　大腿骨の手術後まもなく、母は静かに、そして穏やかに亡くなりました。しかし、それに対する私の反応は穏やかなものではありませんでした。それがなぜか、最初は自分でもよく分かりませんでした。
　母が危篤状態であるという電話を受けても、私は病院に行こうとはしませんでした。弟が来てほしいと懇願したので私は母のところに向かいましたが、臨終には間に合いませんでした。その時は分からなかったのですが、あとから考えると、私は意図的に間に合わないように行ったのだと思います。私の顔を見ても誰だか分からないという母の状況に、再び直面することが耐えられなかったのです。
　母を亡くしたことで感じていたはずの悲しみは激しい怒りに姿を変え、私はその怒りに震えていました。私達が経験したみじめさ、母に手を差し伸べたいと思っているのにそれを許してくれない母の頑固さ、そして私達に見せた母の不安などが一度に押し寄せてきて、その混乱状態から私はまったく抜け出せないでいたのです。
　２～３か月経ってから感情が噴きだしました。飼っていた一匹の金魚が死んでしまったのですが、私は半日の間、その金魚を手にしてひたすら泣き続けたのです。小さな子どものように激しく泣きじゃくったのですが、その事情を理解できない年齢だった私の子ども達は大笑いをしました。たぶん、母が亡くなった時には一滴の涙も流さなかった私が金魚の死に泣き崩れていた様子を見ておかしかったのでしょう。

2 誰かに助けてもらわないと

ギデ・イズモン(Gitte Edmund)
1944年生まれ。作業療法士。
67歳になる認知症の夫をもつ。

「はい、お願いします!」
　幸運なことに、「調子はどう?」と聞いてくれる親切で愛情に満ちた友人達が私にはたくさんいます。私が現状を話すと、ほとんどみんな次のセリフを口にします。
「一人で頑張っていないで、誰かに助けてもらったほうがいいですよ」
「はい、お願いします!」
　問題となるのは、どのような助けをいつ受けるのかということです。

・・・ 病気になる前 ・・・

　ベントは、人生の喜びを謳歌し、生きる力とエネルギーに満ちあふれた人でした。楽しいものからまじめなものに至るまで様々なアイディアをたくさんもっていて、目が覚めると絵を描いたり、人と会ったりと次々に実行に移していく人でした。

自ら存在価値を自覚していて、自分自身について何時間も話し続けました。自画自賛をしている最中に、自分のことを面白おかしく皮肉ったりすることもありました。支配的な性格で、それによって家庭でちょっとした「議論」が起こって声を荒げることもありました。その時は2人ともドアをピシャリと閉めて険悪になるのですが、短い人生、怒っている時間がもったいないと感じていたようです。

　落ち着いてくると、ベントはまたおどけて踊ってみたり、おかしなステップで歩いたりしました。ベントのようにファンタジーと快活な気持ちにあふれている人には、普通に歩くことが難しいのかもしれません。

　ベントと一緒にいると、確かにイライラとした感情が長く続くことはありませんでした。

疑い

　約束を忘れる、言葉、鍵、名前、ハンカチ、日程も忘れてしまう。
　5時は7時より前だった？　ウールのジャケットは25度の水温設定で洗う？　お風呂に入った？（「入ったよ」）
　午前2時の朝ご飯。
「車に乗る前にトイレに行っておいてね」（「行ったよ。妻よ、黙れ！」）
　車のなかでの「粗相」── 駐車場できれいな服を取り出し、茂みの裏で着替える。
　ガードレールに近付きすぎる ── 車が傷つき、高くつく。
　まちがった車線を走る ── 事故を起こしそうになる。

自分の状況をまったく把握できないため、車のキーを隠さなければならない——怒り、涙、無力感（2人とも）。

ベントは想像力を働かせる——家じゅうのハサミ、栓抜き、包丁、キリ、スクリュードライバー、缶切りなどを使って車のドアを開けようとする。

デンマークの王立病院。1910年創立で、高度な医療を提供するデンマーク最大規模の病院（出典：http://da.wikipedia.org/wiki/Fil:Rigshospitalet.jpg）

このようなことが日常となり、次第に言葉や文章が互いから消えていきました。問いかけと答えが一致しないので、すべてのことを推測しなければなりません。多くのことを2回か3回繰り返して言わないとうまくいきません。もちろん、あきらめてしまうこともありました。また、家を出たり入ったりというささいなことにも時間がかかりました。どうやって鍵を使えばよいのかが分からなくなったのです。

私の忍耐力がギリギリのところまで追い詰められましたし、時には爆発してしまうこともありました。明らかによくないことでしたが、最大限の努力をしていたと、自らを許していました。

私の限界点は、日によって違いました。今日は我慢できないと思っていても、次の日になると我慢できることがありました。

••• 病院 •••

デンマーク王立病院で、疑いは確実なものに変わりました。治療の

見込みのない進行性の認知症だったのです。最初は言葉、状況の判断力、記憶力に障害が出て、次第にすべての機能に障害が出るということでした。数年後には死亡に至るいうことでしたので、未来は闘いとなりました。もちろん、精神的・社会的・身体的能力の低下による喪失感を味わったことは言うまでもありません。

「誰かに助けてもらったほうがいいですよ」

「はい、お願いします！」

・・・ 支援 ・・・

市の在宅介護部が、どのような支援を受けることができるかを教えてくれました。家事援助、身体介護、デイホーム、ナーシングホーム(1)、すべて素晴らしいサービスですが、ベントのように自分で何事も決めてきた「多角的」な人間には、このような「四角四面」のサービスは適さないのです。

私達のニーズにあったサービスが欠けていたのですが、それを主張することが難しく、その結果、支援を受けるどころか闘いになってしまいました。自分の力がなくなっていくように感じましたし、あと少しでどん底まで落ちてしまうようにも感じました。

・・・ 絶望感 ・・・

私達の生活は、バランスをとるのが難しい不安定な状況に置かれていました。ただ、どんなに変わってしまっても結婚生活を続けたいと

いう気持ちに変わりはありませんでした。これらすべてを、専門家も含めて誰にも理解してもらえなかったことから疲労困憊して絶望感に襲われ、突然、思い立って下記の手紙を書きました。私達の結婚生活において互いを思い合う感情は残っていましたし、愛情も強かったのです。

市議会・社会福祉委員長　L.N.様

　初めて手紙を書く失礼をお許しください。夫と私が置かれている状況をお知らせしたいと思って、筆をとらせていただきました。

　私の夫は67歳で画家です。進行性の認知症であると、1年前に王立病院の認知症クリニックで診断を受けました。その前から、認知症であることには気づいていました。夫は自分の置かれている状況をまったく把握することができないので、私がこうやって手紙を書いていることも知りません。

　私は57歳で、コペンハーゲンで作業療法士としてフルタイムで働いています。

　夫の状況を簡単に記します。夫の言語能力は認知症のために低下し、具体的な指示は理解しますが、特に大勢と一緒にいる時には簡単な会話も難しくなってきました。自分の思っていることを話すことができず、訳の分からない言葉を口にします。読み書きも、テレビを見たり電話で話したりすることにも大きな困難を伴います。芸術、音楽、政治などに対する興味も次第になくなり、昔からの友人や家族でさえ分からないことがあり、私を息子とまちがえることもしょっちゅうです。

---

(1) 自宅に住む要介護高齢者が日中だけ過ごし、ナーシングホームと同様の介護サービスが受けられる施設。

私は夫の着替えやトイレ、入浴などを手伝っていますし、家計、家事、余暇も、できるかぎり夫と一緒に管理するように心掛けています。

　しかし、夫は身体的には健康です。いつも生き生きと活動的で、外向的な性格でもあるため、今でも外に出たい、人と会いたい、何かをしたい、と強く思っています。方向感覚がかなり残っているので、私が仕事やその他の用事で外出している時に、夫が一人で外を歩き回らないようにすることが非常に難しい状況となりました。

　数か月前、私は市に家族介護者として認定され、週21時間の賃金（ホームヘルパーの最低賃金基準）を受け取るようになりました。そこで、作業療法士としての仕事時間を短くして、週27時間労働にすることが可能になりました。家事は、できるだけ夫と一緒にしたいと思っています。そうすれば、長い時間一緒にいられると思っているからです。とはいえ、いつまで続くかは分かりません。

　夫が、いつかはナーシングホームに入らざるをえないことは分かっています。しかし、そうなるまで、できるだけ長く家にいてほしいと願っています。もし、自分の希望を言うことができるのであれば、夫も同じことを言うと思います。

　私の職場はとても柔軟で寛容なのですが、夫が日に3回も職場を訪ねてくる時は（職場が家に近いので）、さすがに仕事に集中できません。

　市のニーズ判定担当者と話をした時（ずいぶん助けていただいた認知症コーディネーターのS.K.さんも一緒でした）、「夫と何時間か一緒に過ごし、できれば一緒に昼食を食べて、寂しい思いを

している夫に必要なケアを提供してくれる人を派遣してほしい」と、私からお願いしました。担当者は、「それが可能か検討してみましょう」と言ってくれました。

その後、認知症コーディネーターを通じて、「今のところそれはできない」という返答をもらいました。私は、市からの書面での回答を待っていたのですが……。

夫は「セントラズ（centret）」という施設のデイホームのサービスを受けることができるという判定を受けました。しかし、セントラズ側も私と同様、デイホームのサービスを受けることが本人のためにならないだろうという意見をもっていました。セントラズでは、頻繁に徘徊する人に対応するだけの十分な職員配置をしていなかったからです。

夫と20年にわたって幸せな結婚生活を送ってきた私は、幸いにも今でも残っている私達に関するものを何とか保っておこうと、長い間努力してきました。自分達のマンションにしても、売却しなくてもいいように経済的にも努力してきました。夫自身が、どこにいるかが分かるうちは、なじんだ環境から引き離されることでトラウマを感じないですむようにしたかったからです。

57歳になる私は、自分の仕事を失わないようにも努力してきましたし、モチベーションを保つようにも努力してきました。しかし、そろそろ疲れてきました。自由な時間がほとんどないうえに、職場に対しても、家に対しても罪悪感をもつようになったのです。

夫が1人で家に取り残されていると思うと、悲しい気持ちになってしまいます。しかし、ナーシングホームに入るのは早すぎる

---

(2) 市の職員で、高齢者の介護ニーズを査定し、サービスをコーディネートする役割を担う職種。

と思っています。入居させると夫は権利の侵害だと思うでしょうし、そのような解決策を、今のところ受け入れることができません。

　私達は行き詰ってしまったのです。このような困難な状態を理解することができませんし、私達の人生がこんなにひどいものにならなければならない理由が分かりません。

　そういうわけで、どのような支援を私達が得られるのかを検討していただきたく思います。お返事お待ちしております。
（この手紙のコピーは、法律などについて的確なアドバイスをいただいた王立病院のソーシャルワーカーであるK.D.さんにも送りました。）

・・・ 現在 ・・・

　毎日、在宅介護部から3人の親切で忍耐強いホームヘルパー（このうち2人は男性）が私の出勤前に交替で訪問してくれて、昼頃までベントと一緒に過ごしてくれるようになりました。ベントは満足しているようです。

　時には、午後に疲れてしまい、私が家に帰るまで1人で過ごせるようになりました。もし、それができなくなれば、私達のニーズにあった解決策を再び探さなければならないでしょう。今後も、ベントが彼らの訪問を楽しみにするようになり、充実した時間を過ごして喜びを見いだせることを願っています。

　近いうちに解決策を探さなければならないことが実はもう一つあります。私がドアから出入りする時にベントが前に立ちはだかったり、家のなかで私の後をついて歩いたり、リビングルームから私を呼んだ

りして邪魔をするので、気がおかしくなりそうなことがあるのです。考えたいことがあっても最後まで考えることができないので、とても辛いです。

　午後あるいは夜に一人で出かけたい！
　ときには一人になりたい！
　休んで充電できるよう、介護負担を軽減してもらえる解決策を見つけなければなりません。

　昔からベントの友人であった人が、変わってしまったベントと付き合うことが難しいということも分かりました。私には、そのことがよく分かります。変わってしまったベントと会うと混乱するでしょうし、不安にもなるでしょう。そして、何と言っても悲しくて辛く、疲れるでしょうから。

　できる限りのことはしてくださったのですから、彼らを責めることはできません。親切で愛情に満ちた手紙や電話のすべてが想像以上に嬉しく、心を明るくしてくれるものであることが分かりました。

　しかし、自分の人生が変わってしまったことも直視しなければなりません。例えば、パーティーなどに参加することが難しくなったので、おしゃれな服をほとんど必要としなくなりました。だから、以前は参加していた集まりの知らせを受けると、孤独感を感じてしまって胸が痛みます。

　幸い、家族や近しい友人は、頻繁にベントの好物を持ってきて夕食を一緒に食べてくれます。このような気遣いのおかげで私の気持ちも軽くなりますし、穏やかで楽しい時間を過ごすことができます。

　このようなことは、私達全員にとって喜びとなります。こういう時はベントの言語能力が少し戻るようで、嬉しい気持ちを明確に示してくれます。

・・・ 将来 ・・・

　ベントと私は、これまで楽しい年月を一緒に過ごしてきました。日常生活、パーティー、展覧会、旅行。2人の子どもは結婚し、孫が2人生まれました。それは新しい家族であり、友人でもあります。面白いこと、素晴らしいことを一緒に経験してきましたし、ベントが与えてくれたものに対して深く感謝しています。

　今、私達は少しずつ離れていっています。そんなふうになってしまったのです。ベントは黄昏のなかに入っていき、私は私なりに彼についていこうとしているのです——愛するベントの輪郭がぼんやりとでも見えている間は。

幸せだった結婚生活の記録

3

父の病気によって
私達は団結した

イェスパ・イェスパスン（Jesper Jespersen）
1948年生まれ。教授。
87歳のアルツハイマー病の父を1997年に亡くす。

　父のアルツハイマー病は日に日に進行し、発症してから10年後に亡くなりました。その時の父は、87年前にこの世に生まれた時と同じように無力でした。

　アルツハイマー病の最初の兆候があった時から父が亡くなるまでの10年間について、ここでお話したいと思います。

　父がこの病気にかかってしまったことについては、彼自身も家族も驚きませんでした。というのも、父方の祖母（とその姉妹）は、25年前にアルツハイマー病の症状を明らかに呈していたからです。しかし当時は、記憶力の低下と人格の変化を伴う老化が進行したものとしか見られていませんでした。

　60歳の頃からすでに、父は物忘れについてよく話していました。そして、人間の高齢期や老化について驚くほどたくさんの書物を購入して読んでいました。父は若々しく、身体的にも知的にも老化とは無縁だと感じていた私は、驚きました。

　確かに、父は仕事から早く退いて年金を受け取り始めましたが、それは健康上の理由ではありませんでした。忙しい管理職の仕事を60歳

で退いた理由は、週3日の勤務にして、自分の好きなこと（自然との触れ合い、読書、家族との交流）を楽しみたかったからです。自由な時間が長くなってから病気を発症するまでの約15年間は、父と私の関係が最も親密になった時期であり、それが、のちの闘病期間に私達がかかわり続けるにあたって大きな意味をもつことになりました。

　このような親子関係は、私の子どもの頃にはありませんでした。私が大人になるまで、父はずっと忙しく、疎遠で、近寄りがたいという典型的な父親でした。父は、朝仕事に行き、夕食の直前に帰宅し、食後は本を読んだり仕事をしたりしていました。そして、休日の日曜日は、子ども達と午前中に森を散歩し、午後にはトランプ遊びを2時間するという義務を課していました。

　父は、子どもの世界をあまり理解していませんでした。品行方正で、学校でよい成績さえとれば何も言いませんでした。父自身がコペンハーゲンのナアア・スゲーゼ通り（Nørre Søgade）に住んでいた頃も同じような子ども時代を過ごしており、自分の子どもにも同じように

コペンハーゲンの街並み

させることを選んだわけです。家族に対する愛情が欠けていたというのではなく、愛情表現の仕方を学んでこなかったのだと思います。

　我が家では、家族が自分の気持ちについて話すことはなく、感情（温かい感情も冷たい感情も）は水面下に隠されたままでした。話す時はおさえた声で話し、互いに抱き合うこともありませんでした。父と母がキスをしているのを見たのは、義務的なクリスマスプレゼントを交換する時だけでした。

　このように、父の人生は孤独なものでした。昔からずっと付き合っている数人の親しい友人達といる時だけ、生き生きとした様子を見せていました。陽気に明るく開放的に振る舞うことができないわけではないのですが、家族の前では、父はとにかくそういうことをしたくなかったのです。短い休みに家族と接する間だけ、父は家族の模範にならなければならないと感じていたようです。

••• 親密な関係 •••

　早くに管理職から退いた父は、突然、暇になりました。その頃、独身であった私ですが、すでに家を出て学業に励んでいる真っ最中だったために決して暇ではありませんでした。とはいえ、時間の融通はきいたので私達は一緒に昼食をとるようになり、週１回、３切れのオープンサンドイッチとスモールサイズの生ビールを注文しても10クローネ（約150円、１クローネ＝15円で換算）というようなコペンハーゲンの質素な食堂で会うようになりました。

　今、この父との昼食がどのように始まったのかと考えていますが、確か、私より３歳上の姉が最初は一緒に来ていたと思います。しかし、

その姉は家族をもつようになったのですぐに来なくなりました。10年以上にもわたって昼食を一緒にしていたので私と父の間に親密さが生まれ、老いることについて考えていることを父は私に打ち明け始めたのだと思います。

　何よりも、昼食時に私以外誰もいなかったことが大きな意味をもちました。思うままに話題を選び、自分の意見を率直に述べても「反論の材料に使われる」ことがなかったからです。そつなく体裁を整えることが重視されていた私達の家庭では、率直さや不安は家族間にひびを入れるようなものでした。体裁を整え、よい手本になりたいという父の強い気持ちは、妻や子ども、義理の息子や孫との関係においてもありました。そうすると、家族と過ごしていても心の通いあう会話をする余地はありませんでした。

　前述のように、父は「老いる」ことについて早くから考え始めました。そして、最初に両親の関係に影響を与えたのが「老化」です。私は意識的に「老化」と書いたのですが、それは年金を受け取るようになってから何年もの間、父にアルツハイマー病の症状があまり見られなかったからです。しかし、この問題は、父自身や父と母の関係を影のように覆っていました。両親には10歳の年齢差があり、それがこの影をより暗くしていました。

　父が物忘れをすると、母は年齢のことを指摘していました。そう言われた時の父の姿が今でも目に浮かぶのですが、ちょっときまりの悪そうな様子を言い訳がましい微笑みで隠しながら次のように言っていました。

「まあ、ちょっとしたまちがいは誰にでもあるさ！」

　しかし、批判されることが嫌いだった父は不快な思いを味わっていました。父の磨き上げられた体面は、あらゆる批判（妥当な批判も、

的外れな批判も）から自らを守ろうとする思いからできあがったものだったのです。そこで父は、この時期、家族の集まりがあってもこれまで以上に口を開かなくなりました。ちょっとしたまちがいでも口にしようものなら「叱責」される危険があったからです。「昔のこと」に話が及んだ時だけ、父は生き生きと話していました。

　この頃から、父は不意に失神することがありました。何人もの専門医に診察してもらった結果、「てんかん発作」という診断が下ったのです！　それが理由で父は大量の強い薬を処方されるようになり、その副作用のために体がだるくなりました。

　週1回の私との昼食に話を戻しますが、その時は、父の権威が低下することもなく、記憶違いを批判されることもないので、私に自分の考えを打ち明けてくれました。威信が傷つけられなかったと父が感じたことには、父と私の波長が合い、互いに「叱責」しあうことがなかったことも影響しているでしょう。父は、私のことをかなり信頼してくれていたと思っています。ひょっとしたら、それは父なりの愛情表現だったのかもしれません。

　しかし、そこに至るまでにはある出来事が影響しています。私は非常にはっきりと覚えているのですが、父と一緒に昼食を食べ始める数年前、「実家からの支援は必要ない」と父に話した時がありました。私は背筋を伸ばして「今後は、経済的に自分の力でやっていくつもりだ」と話したのです。その日から父は、（間接的に）私の人生に口を出す権威者ではなくなり、すべてのことを報告しなければならない存在ではなくなったのです。

　しかし、父と私の波長があったのは、経済的な自立だけが理由ではありませんでした。知的な面でも感情の面でも、父と私はよく似ていました。ただ、感情の面については確信をもっていません。というの

も、私達の感情は水面に現れることがなかったからです。少なくとも、私は父の期待に沿うことができたと感じましたし、父も私にとってよいお手本になる必要がなくなったのです。

　私の学業について大きな関心を寄せた父は、私の意見を聞きたがりました。そして、私が「ロンドンに留学することを決めた」と話すと、父は（静かな様子で）大喜びしました。父も、40年前にロンドンに留学していたからです。

　前述したように、私達は互いの意見に耳を傾け始めました。そのことは、70歳代後半になって、病気が理由で父の健康状態が大きく変わってから大きな意味をもつようになりました。

　父の健康状態の変化に気付いたあの日、一緒に昼食を食べようと約束していたのに父はレストランに現れませんでした。父がレストランまで辿りつけなくなったその日に、10年以上にわたって続いていた週1回の昼食は終わりを告げました。

　その時、父は迷ってウスタポアト駅（Østerport station）の周りをキョロキョロとしていたようで、それを見た勇気ある車掌さんが父を電車に乗せてホムレベク（Humlebæk）まで連れていってくれたということです。この記憶力の低下が、病気の一つの表れでした。

••• 精神分裂病 •••

　それだけではすみませんでした。もっと大変だったのは、アルツハイマー病の人によくあることですが、精神分裂病の症状を見せるようになってきたのです。3～4年間は患っていたと思います。その時は、父にとっても母にとっても最悪の時期でした。なぜなら、父の意識は

突然、何十年も昔に戻ってしまったようになるからです。子ども時代を過ごした家に戻ったり、若い独身時代に戻ったりしました（父の結婚は32歳と少し遅めでした）。

精神分裂病の症状が出ると、私の母を自分の母親とまちがえることがありました。母にとって最悪だったのは、母をよそ者と思い込んだ父が、「お前は誰だ？　ここで何をしているのだ？」と怒って聞くことでした。

母が「この家に住んでいる者だ」と言い張ったため、自分にとっては理解不能で不快な状況に抵抗しつつも、父は「見知らぬ女性」と一緒に住まなければならないことを少しずつ受け入れていきました。父が食卓に皿を並べる時、「家政婦」にも皿を置かなければならないことに抵抗があったようです（食卓の準備をするのは、退職後の父の役割の一つとなっていました）。

父と母が食卓についた時、突然、精神分裂の症状が起こり、「狂気」が父を襲うことがありました。もちろん、父自身もそれを恐れていましたし、辛かったのです。病気がどのように父を打ちのめし、それによって母がどれほど傷つくかということが父にもよく分かっていたのです。

このように、いつ精神分裂痛の症状が出てくるのかが分からない父は、パニック障害の発作にも苦しめられることになりました。母にとっても非常に辛いことでした。母の目の前にいるのが、老いていく配偶者であるのか、自分を受け入れようとしない怒りに満ちた男性であるのかが分からなくなってしまったのです。特に、父は自分の強い感情を外に出さなかった人でしたので、なおいっそう「見知らぬ女性」に対する父の激しい怒りが母にとっては耐えられないものになったのです。

そのような症状を抱えていた父は、家を自分の居場所のない見知らぬ場所と感じ、家から逃げ出すこともありました。冬でもシャツ一枚で飛び出していってしまう父を見て、母は心を痛めていました。幸い、父の様子を怪しいと思って警察に知らせて、父を家につれ戻してくれるという勇気ある人にいつも助けられました。
　この段階での私の役割というと、父をなだめることでした。精神分裂病の症状が悪化して父が飛び出しそうになると、母は私に電話をかけてきました。父がまだ家にいれば一緒に父をなだめ、すでに飛び出してしまっていたら自転車で捜し回りました。見つかったことが２～３回ありましたが、そんな時、捜しに来た私を見た父は、ちょっと言い訳がましい、愛くるしい微笑みを浮かべて言いました。
「おや、お前だったのか、イェスパ！」
　そして私達は、一緒に黙って家に帰りました。
　母は、週に１回、夜にブリッジ（トランプ）の集まりに出かけていました。この時期、母は父を一人にして外出するだけの勇気がなかったので、私が週１回父と過ごすことになり、かつての昼食に代わるものとなりました。
　私といる時に父は、自分が理解できない現状について話してくれました。父は、母親がいなくなり、マンションに見知らぬ女性が住んでいると思っているのです。「家に戻りたい」と言い出すこともありました。父と私の会話は、次第に父の内面に混乱をきたすようになりました。父の心に入り込むことはできませんでしたが、父はそれでも私の話に耳を傾けようとしてくれました。
「おや、イェスパ、お前はそう思うのか。こちらは、私の母親ではないんだな。私はここに住んでいるのか？　もう少し考えないといけないな。この見知らぬ女性が私の妻であるというのは本当なのか？　お

前がそう言うなら正しいんだろう」

　このような会話が延々と何時間も続くのです。私が言ったことを父はその瞬間に忘れてしまうのですが、私の話を聞くことによって、不安感が小さくなっていたように思います。

　精神分裂病の症状が見られた何年間は、私達みんなにとっても精神的に最悪の時期でした。しかし、父の脳が委縮するにつれてこの症状は治まっていきました。その代わり、今度は自分の受けた感覚を把握することができなくなりました。読書好きだった父がまったく文字を理解することができなくなり、聞くことも難しくなりました。

••• 最期の時 •••

　低下していたのが聴力なのか理解力なのかはよく分かりません。テレビに対して否定的な態度をとってきた父が何時間もテレビを見たり、そのまま居眠りしたりするようになりました。このようにして父は次第に静かになっていきましたが、身体的にはますます介護が必要となっていきました。最後には、感情的にも物理的にも母が父の世話をすることができなくなり、ナーシングホームへの入居が唯一の手段となりました。

　数か月後、十分なケアの受けられる認知症の人向けのユニットに空きが出たので入居しました。入居は、両親にとってよい解決策でした。これによって母は、父に何か起こらないかと日夜気をつけなければならないという生活から解放されました。

　一方、父は、入居を驚くほど静かに受け入れました。たくさんの親切な人に囲まれて、「我が家に帰ってきた」とでも思っているかのよ

うでした。母は毎日父を訪ね、一緒にイチゴを食べたり、手を握りあったりしていました。

　病気によって父の精神的な能力は完全に奪われ、身体的な能力も急激に衰えていきました。週１回父を訪問していた私は、そのことを目の当たりにしました。最初は週末に父を訪ね、天気がよければ公園を一緒に散歩していました。しかし、まもなく父は車椅子に乗って散歩に行くようになり、最後の２～３年間は、居間の椅子にただ座っているだけとなりました。とはいえ、誰かが訪ねてくると父の表情が少しだけ明るくなっていました。

　私は、父に自分や家族の近況を話しました。耳を傾けてくれた父と手を握りあったり、一杯のポートワインを分けあったり、チョコレートを一緒に食べたりしましたが、しばらくすると父は「自分の世界」に入ってしまいました。それでも私は、父と一緒に過ごしたと実感することができました。

　亡くなる１週間前に父を訪ねた時、「ユトランド半島に住んでいる弟のところに遊びに行く」と話すと、一生懸命口を動かして、聞き取れるか聞き取れないかのような声で「よい旅を」と言ってくれました。

　次の週に父は肺炎を起こし、静かに亡くなりました。父の死は穏やかなものでした。

4 死より辛い現実

グレーデ・クレステンスン（Grete Christensen）
1924年生まれ。年金生活者。
79歳になるアルツハイマー病の夫をもつ。

　夫のイーレクは79歳です。夫に認知症の症状が見られるようになったのは5年前のことです。最初は小さなことから始まり、次第にネクタイが結べなくなったり、バスを乗りまちがえたり、どこに行っていたのかが分からなくなったりし始めました。

　私達が初めて出会ったのは1949年の大晦日で、その後、1951年に共通の友人のところで再会しました。私達は1953年に結婚し、1956年に最愛の息子であるベントを授かりました。夫のイーレクは、デンマーク国鉄（DSB）の作業場に37年間勤めました。

　私はスコウ工場で工場長をしていましたが、息子の出産を機に仕事を辞め、家で子育てに専念しました。そして、息子が15歳になった頃に、旅行費用を貯めるために再び働き始めました。

デンマーク国鉄の駅と電車

実際、私達はよく旅行に行きました。私は14年間にわたってホームヘルパーの仕事をして、59歳の時に首の骨関節炎を患って仕事を辞めました。

　私達は、息子とその恋人リンダととても親しくしていました。そのことが、私にとっては大きな支えになっていました。

　正直に言うと、イーレクがこんな辛い病気にかかるぐらいなら亡くなっていたほうがよかったと考えたことがあります。しかし、2人で会話ができないのにもかかわらず、私はナーシングホームでイーレクに会うのが毎回楽しみだったのです。

　ここからは、夫が病に侵されるようになってから私達の生活がどのようになっていったのかを、日記を参照しながら書いていきたいと思います。

　忘れもしない1998年12月の初めのことです。夜中の2時頃に夫が私を起こし、「窓の外に男が立っている」と言い出しました。私達のマンションは5階にあったので、それはあり得ないことです。その時に、私は何かがおかしいと気づいたのです。

　息子と相談して、夫を医者のところに連れていくことにしました。そこで、夫は初期の認知症の症状であると聞かされ、状態が悪化したらまた連れてくるように言われました。また、有効な薬があるということも聞きました。

・・・　マヨルカ島への旅行　・・・

　のちに病状が悪化していくのですが、急激には悪くなりませんでした。長い間調子のよい時期が続き、1999年の夏になった。ある日、

イーレクがいつものように「12月に旅行に行かないか」と言い出しました。私はちょっと不安でしたが、長い間調子がよかったので、思い切ってマヨルカ島への旅行を予約しました。

12月5日に出発予定だったのですが、その前夜にイーレクの幻覚が始まりました。誰もいないのに「この人達はみんなどこから来たのか」と訪ねたりして、イーレクはもうすでに旅行に来ているつもりになっていました。私は怖くなって、旅行をキャンセルしようと話しましたが、イーレクは「絶対にキャンセルはしない」と言い張ったのです。眠れない夜を過ごし、次の朝、私達は出発しました。

海の素晴らしい眺望が楽しめるホテルの部屋に着いてから2時間後にツアーの説明会がありました。私達は前の晩に一睡もしていなかったので、夫は「部屋で寝ている」と言いました。私は「終わったらすぐに戻るから」とイーレクに言って、一人で説明会に行きました。

悪夢とも言えることが起こりました。説明会が終了する直前、突然イーレクが入ってきたのです。上にパジャマをはおり、パンツだけを身に着けた状態で……足は裸足でした。私は椅子から立ち上がり、急いでイーレクをひきずるようにエレベーターのところに連れていきました。

「なぜ下りてきたの」と尋ねると、「自分のベッドに死体があるから」と言うのです。イーレクはホテルのフロントにそのことを説明し、さらには「ズボンが欲しい」とお願いしたようです。本当に最悪の事態で、こんなことでは14日間の旅行中どうなるのだろうかと心配でたまりませんでした。幸い、イーレクの調子が戻ったので最終的には楽しい旅行になりましたが、あの時の悪夢は一生忘れられません。

旅行から帰ってしばらくすると、イーレクの調子が急激に悪くなりました。幻覚や幻聴も現れました。道に誰かがいて、「死刑を執行す

るから下りてこいと呼ばれている」と言ったり、タバコを吸うたびに、「恐ろしい女性が本数を数えている」と言ったりしました。すべて、恐ろしい幻覚や幻聴ばかりでした。

　また、自分のマンションが分からなくなっていました。すでに引っ越して、マンションを出ていったものと考えていたイーレクは、私に次のように言ってどなり散らしたのです。

「たくさんの人が出たり入ったりするようなところに住まなければならないと、お前がだましたからだ。彼らはどこで鍵を手に入れたんだ？　鍵を変えなくては……」

　イーレクの頭のなかではそうなっていたようです。そして、ある土曜日のこと、イーレクは私のことが分からなくなりました。何度も何度も「妻に電話してほしい」と私に頼むのです。「妻が心配しないように、自分がここにいると伝えたい」と言うのです。私があなたの妻だと諭そうとしましたが、イーレクは私を見てこう言うだけでした。

「ちょっと、妻に電話してくださいよ」

　そんな願いを、私が聞き入れるはずがありません。

　イーレクは鏡に映った自分と仲良くしていて、何でも話していました。ある日、「友達の喉が渇いている」と悲しそうに言って、次の言葉を口にしました。

「助けて下さい」

　私はちょっと考えて、夫に1杯の水をわたし、鏡の前で飲むように提案しました。鏡の前で飲んだ夫は嬉しそうな様子を見せました。そして、鏡のなかの友達も嬉しそうでした。

下降線が続く

　2000年の春に恐ろしいことがありました。ある時、何かおかしいと感じて早朝に目覚めました。予感が的中したのです。
　家じゅうがひっくり返っていて、そこらじゅうの電気がつけられていました。玄関のドアが大きく開いていて、イーレクがいなくなっていたのです。私は急いで服を着て階段を下り、イーレクを捜しに行きました。幸いなことにイーレクはまだ遠くまで行っておらず、通りに立っているところを見つけました。パジャマを着ただけだったので体は冷え切っており、裸足だったために足が濡れていました。家に帰ってベッドに寝かせ、睡眠薬を飲ませました。すると、イーレクは8時間も眠りました。
　同じ頃、イーレクの調子が最悪とも言える日がありました。私にずっと怒鳴りちらして、こう言ったのです。
「お前が精神病にかかったなんて、友達に言うのも恥ずかしい。お前があの素晴らしいマンションを売ってしまったから、ナアアブロー[1]のような最悪の地区に住まなければならなくなったんだ。恥を知れ！」
　その日、彼は理解可能なことを一度も言うことがありませんでした。
　またイーレクは、昼間に手伝ってくれている人が2人いると思っていました。そして、時々こう言いました。
「明日は君が来てくれるのかい？　それとも、もう一人のほうかい？」

---

[1]　(Nørrebro)　コペンハーゲンの中心部の一地区。移民が多く居住することで知られる。暴動の舞台となることが多く、最近では2007年に若者が管理する「若者の家」の撤去をめぐって暴動が起き、700人以上が逮捕された。

私は油絵を描くのが趣味で、家の壁には私が描いた絵がたくさんかけられていました。テレビの上のほうには、美しい絹のドレスを着た昔の女性の絵があり、イーレクのお気に入りでもありました。ところが、ある日、突然「あの女性が怖い」と言い出したのです。
「彼女は悪霊だ」と言って怖がるので、とうとう絵を布で覆ってしまいました。そうしたら、「彼女が布を取ってしまわなければいいんだが」と言っていました。
　居間に入ったイーレクが、楽しそうに笑っていたことがありました。どうしたのか尋ねると、次のように彼は答えました。
「その２人が彼女のことを笑っていて、彼女は馬鹿だから、笑われて喜んでいると言うんだ」
「その２人」というのは、反対側の壁にかかっている油絵に描かれているベントとリンダのことです。
　時には、喜悲劇的な状況もありました。例えば、ある夜にイーレクが暗闇のなかでベッドに腰掛け、目に見えない人々と話していることがありました。
「どうして話しかけているのに返事をしないんだ。答えるか話すかしろ！」と、彼は言っていました。

　アルツハイマー病にかかっている人を介護することが、どんなに大変なことかなかなか理解しにくいと思います。私はこれ以上頑張ることができなくなって、昨年の５月にイーレクを施設に入れました。素晴らしい施設ですが、一時的に滞在するところなので、ナーシングホームの空きが出たらそちらに移ることになっています。しかし、まだしばらく時間がかかりそうです。

5 無に向かって

ギダ・クレステンスン（Gitta Kristensen）
1961年生まれ。秘書。
60歳になるアルツハイマー病の母をもつ。

　何かがおかしいと私達が思い始めたのは、1994年の初めのことでした。母の物忘れがひどくなり、同じことを一日に何度も言うようになったのです。人と待ち合わせをすることができなくなったり、伝言ができなくなったりというささいなことばかりでしたが、母らしくないことだったのでおかしいと思いました。

　母は几帳面な性格で、何でもきちんとこなす人でした。パートタイムでナーシングホームの事務の仕事をしていましたが、うまくいっていませんでした。ナーシングホームの組織替えが理由で、当時の部署に異動になったようです。

　母は、自分がいじめられていて、陰口を叩かれたり仲間に入れてもらえなかったりしていると感じていました。母をはずして、母について話し合う会議が何度も開かれているとも言っていました。大変な思いをして働いているのだと、私達（私の父、弟、夫と私）は考えていました。

　母が多くの問題を抱えていたのはそのせいだったのか……。

　父の仕事は作業車の整備で、当時はスウェーデンで働いていたため

家には２週間に１度しか帰ってこれず、それが理由でなかなか母の支えになることができませんでした。母と同じ町に住んでいた私は、母の話を聞いたり、助言したりして、できる限り母を支えようと努力しました。しかし、母はもともと閉鎖的で寡黙な人だったので、心のなかで何を考えているのかがあまり分かりませんでした。
　状況が悪くなる一方のある朝、母は家を出たまま職場に向かうことができなくなってしまい、家に戻ってきました。そして、欠勤したことが理由で解雇されてしまいました。その時、母はまだ52歳でした。長い間仕事をきちんとこなし、評価の高かった母の職業生活を考えると最悪な結末です。母は、以前の職場からも最高の評価を受けていたのです。
　母が仕事を辞めたからといって、問題がなくなったわけではありません。仕事を辞めたあと、母は少しずつ元気を取り戻したのですが、別の問題が出てきました。自分の考えていることを話すことが難しくなり、場所の感覚もおかしくなってきたのです。私達家族は、母がうつ状態になっていると思いました。医者に診てもらって、精神科医を紹介されましたが、よくはならず、数回診察に行っただけでやめてしまいました。
　私は母に、うつ病に効果がある薬について話をしました。初めは「そんなものは必要ない」と言っていた母でしたが、抗うつ薬の素晴らしい効果を耳にしてから服用することに同意しました。
　この当時、父と母の関係はあまりよくありませんでした。母がまちがったことをしたり、物事を忘れたりするので父はしょっちゅう怒鳴っていました。父には、母がなぜこんなにも変わってしまったのかが理解できなかったのです。すべての原因は、最悪な形で母が仕事を辞めてしまったことによるものだと思い込んでいました。それに、抗う

つ薬も効果がありませんでした。

　徐々に状態が悪化していき、おかしなことがたくさん起こり出したので父と私は話し合いました。

　母はブレーキとアクセルの区別がつかなくなって車の運転ができなくなり、交通状況の判断もできなくなってしまいました。また、方向感覚を失っていたので買い物に出掛けると商品を見つけることができず、ショッピングカートの場所も分からなくなってしまったのです。それ以外にも、母がつくる食事がおかしな味付けになり、ときにはまったく味付けがされていないこともありました。ソースが必要な料理にソースがついていなかったことや、肉団子を作っている最中にどうすればよいか分からなくなって途方に暮れていることもありました。

　母を信用して子どもの世話を頼むこともできなくなり、逆に子どもに母の状況を説明するという事態になってしまいました。私は医者に再び連絡をとり、母を医者のところに連れていきました。私は母に付き添い、検査の時もずっと横にいました。それは、私が娘だったからかもしれませんし、自分が医療分野で仕事をしているからかもしれません。とにかく、それは自然なことでした。

　医者は、母の記憶力が衰えていることを指摘しました。私は「神経内科に行ったほうがよいのではないかしら」と言ってみました。というのは、少し前にテレビでアルツハイマー病に関するドキュメンタリー番組があり、それを見た父が次のように言っていたからです。
「お前のお母さんは、まったくあれと同じ状態だ。きっと、アルツハイマー病だ！」

　紹介状を書いてもらい、1996年5月に神経内科を訪れました。私も一緒に行ったのですが、本当に大変でした！　というのも、母はちょ

っと物忘れがひどくなっているだけで、それ以外は問題ないと考えていたのに対し、私は別の見方をしていたからです。それを医者に説明しようとしたのですが、母が横におり、母を悲しませたり見下すような態度をとりたくなかったので、満足な説明をすることができませんでした。

　医者は当然知っているような一般的なこと（私の誕生日など）を質問しましたが、母は答えられませんでした。その日が何曜日かも、何月何日かも分かっていなかったのです。精密検査が必要となり、心電図をとり、血液検、CT検査、MR検査、脳波検査、神経心理検査も受けました。ほとんどの検査で異常は見つかりませんでしたが、神経心理検査でひっかかりました。その結果により、アルツハイマー型の認知症の初期段階にあるという診断が下されました。どうすることもできませんでした。

　1996年11月、母は神経内科から「もし希望すれば、医者との最終的な面談が受けられる」という連絡を受けましたが、私達は面談を受けないことにしました。診断は下されたわけですし、それ以上何ができるというのでしょうか？

　しかし、状態は次第に悪化し、母は様々なことができなくなっていきました。料理、ゲーム、会話、新しく何かを始めること、初めての場所に行くこと、いくつかのことを一度にすること、電話・伝言を受けること、注文をすること、お金の管理、掃除、縫物、数日続けて一人でいること、人と付き合うことなど、様々なことができなくなっていったのです。

　母は水泳とバドミントンに通っていましたが、友達に助けてもらわなければ、服を着替えることもシャワーで髪を洗うこともできなくなってしまったのです。母は、自分がバスタブに入るところなのか、バ

スタブから出るところなのかさえ分からなくなっていました。

自分の病気を隠す

　アルツハイマー病の人は、自分の病気を隠すのが上手です。母もそうでした。私達家族や親しい友人以外、誰も母の病気には気づきませんでした。他人と話を合わせ、相手の言ったことを繰り返すこともできた母ですが、なるべく話さないようにしていました。もともと母は物静かな人だったので、誰も病気には気づかなかったのです。
　誕生日パーティーの時に、母の友人が招待客に対して母の病気について説明したことがありました。パーティーのあと、みんなはその友人に向かって、「何をばかなことを話していたのだ。彼女に何の問題もないじゃないか」と言っていました。
　私達家族は、母が恥をかかないように気をつけていました。一つ覚えているのは、私の子どもの保育所で誕生日パーティーがあった時のことです。子ども達が楽しく遊んでいる間、母と私は保育士達と一緒に座っていました。突然、一人の保育士が母に、「どこに住んでいるのですか？」と尋ねてきました。母はもちろん答えることができなかったので私が代わりに答えたのですが、その際、自然な雰囲気で聞こえるように必死に繕いました。ちなみに、このようなことは頻繁にありました。
　仕事を辞める前の母の状況を知ろうと、私は母の昔の職場に連絡をとってみました。認知症を引き起こすようなうつ状態であったのか、あるいは認知症が先にあって、それが問題を引き起こしてうつ状態になったのかを知りたかったのです。

職場の施設長は、現実に起こっていた様々な問題について話しました。例えば、母が仕事を辞めたあとに母の所持品を見ると、とてもひどい状態になっていたそうです。資料はめちゃくちゃな綴じ方になっていたし、請求書に対する支払いも未払いのままでした。電話の内線のつなぎ方も分からず、経理の管理もできていませんでした。
　施設長は、「何らかの薬物の使用があるのではないかと疑っていた」と言いました。認知症ということはまったく考えなかったということです。認知症と大きなかかわりがあるナーシングホームであるのに、いったい何ということでしょう。早く気づいてくれていれば……と今でも思っています。
　几帳面で責任感の強い母にとって、自分がおかしくなっていくことは辛かったと思います。きっと、自分の尊厳やアイデンティティを保つために、必死に闘っていたと思います。何か私達に言ってくれればよかったのに……とも思っています。
　父と私はアルツハイマー協会のパンフレットを入手して連絡をし、1997年9月に若年性認知症の家族のための説明会に参加しましたが、それはとても素晴らしいプログラムでした。ほかの家族と話すことができ、家から離れて息抜きをすることもできました。
　プログラムを通じて、認知症、アルツハイマー病がどのような病気であるのかを理解することができましたが、この病気は回復の見込みがなく、進行するものであるということや、進行が早ければナーシングホームへの入所や死に至ることもあるということを聞かされて、同時にショックも受けました。
　プログラムが終わって家に帰ってから神経内科に連絡して、母にアリセプト(1)という薬を処方してもらうように依頼しました。新しいタイプのアルツハイマー病に効く薬だとプログラムで聞き、少しでもよく

なるのではないかと期待したからです。母は長い間その薬を服用しましたが、効果があったかどうかは分かりません。正直に言うと、効果はなかったのではないかと思っています。

••• 父の苦悩 •••

　父は苦しんでいました。何日間も家を空ける仕事はできないので、そのような仕事の場合は断っていました。母ができなくなってしまったことをすべて引き受けることになった父は、食事をつくることもパンを焼くことも覚えました。父が突然電話をかけてきて、「夕食を作りすぎたから一緒に食べないか」とか「もうすぐフランスパンが焼けるから来ないか」と言うことがあったのですが、それは私にとってはとても嬉しいことでした。

　父は母に掃除機をかけるように頼むことがあったのですが、5分も経てば、家中の掃除が終わったと母が言ってくることは承知していました。10年前であれば、父と私が料理のレシピや洗剤について話したりするということは、月旅行に行くぐらいあり得ないことでしたが、ある意味で、母の病気は父と私の関係をより親密にしてくれたと言えます。私達は一緒に様々なことについて話し合い、ストレスを発散することができたのです。

　次第に母の世話で忙しくなり、父が仕事を続けることが難しくなってきました。というのも、母を一人にして出かけることが不安になってきたからです。服を出して、着替えをさせたりし、食べ物や飲み物

---

(1) アルツハイマー型認知症の症状の進行を抑制する治療薬。

をしっかりとるように世話をしたり、母を見守ったりしてくれる人が必要でした。それに、母が外出して迷ったりしないように気を配る人も必要でした。他人が母の状態を理解し、手助けしてくれるように母のことを何らかの方法で知らせることが必要となったのです。

　そこで私は、認知症について、また母とどのように接すればよいのかについて書いたパンフレットを作りました。そのパンフレットと、アルツハイマー協会のパンフレットを父はいつもポケットに入れて持ち歩き、誰かに会って母のことに話が及ぶとそれらをわたしていました。私達は、何かがあった時のために、名前と電話番号、そして個人番号を刻んだプレートの付いたネックレスを母にわたしていました。

　薬局で手に入れたあるパンフレットを読んで、私達は市に連絡をとって、どのような支援が受けられるかを調べました。その結果、母はアクティビティセンター[2]に通うことができるということでした。「それはいい」と、私達は考えました。なぜなら、父には一人になる時間が必要だったからです。

　母は何度かアクティビティセンターに通ったのですが、うまくいきませんでした。アクティビティセンターの利用者はみんな母よりずっと年配で、明らかになじめなかったのです。

　私は冬休みを利用して、母にもう1度慣れてもらおうと最後の努力をしました。私にとっても、母にとっても、非常に厳しい経験となりました。母のところに迎えに行き、母が嫌っているアクティビティセンターまで送り、これが母と父にとって一番よいことだと説得したのですが、センターで立ったまま泣いている母の姿を見るのはさすがに辛かったです。それでも、うまくいくように願いながら母を置いたまま帰りました。しかし、あまりにも辛すぎたので、私達は結局あきらめてしまいました。

次に私達は、認知症専門の看護師と連絡をとり、母のところに毎日数時間、ナーシングホームから誰かに来てもらうように手はずを整えました。そして、その人が母の買い物や散歩に付き添ったり、一緒にパンを焼いたりしてくれることになったのです。それは素晴らしい制度でした。しばらくしてから別のサービスを使って、母がナーシングホームに毎日行くようになり、認知症専門のユニットで過ごすことになりました。そこのスタッフのうちの何人かは、母がすでに知っている人でした。これが可能になったのは、母の病気が継続的に進行していたからです。

私達の介護役割

　認知症が悪化するにつれて、私達は家族だけでやっていくことが難しくなってきました。特に父は、介護の役割まで担っていたのです。そのせいか、父は母のボディランゲージを読むことが大変上手になりました。母の言語能力はすっかり衰えていたのです。ずっと早い段階から母は話すことができなくなっていたのですが、そのなかでも特に名詞がなかなか出てきませんでした。そのうえ、衛生状態も悪くなっていき、トイレに行っても拭くことができませんでした。
　また、入浴することを怖がりました。認知症によって感覚に変化が起こり、シャワーの水流が痛く感じることはよく知られていることです。そこで、私が母と一緒に入浴することになりました。週に2〜3回は一緒に入浴していたと思います。

---

(2) 多くの市が高齢者のために設置している通所施設で、手工芸、体操、遠足などの活動を提供しており、食堂で食事をとることもできる。

母の衣類を整理して、父が毎日必要な服を取り出しやすいようにも私は心掛けていましたし、必要となれば新しい衣類も購入していました。それ以外にも、母の化粧や肌の手入れにも気を配っていました。
　最初は母と一緒に買い物に行って必要なものを購入していましたが、母に妄想や不安が出てくるようになってからは、私が一人で買い物に行くようになりました。たまに母が町に出かける時には、服を着せるのを手伝い、髪を整えて化粧をしてあげたのです。
　それは、ある意味で幸せな時間でもあり、私達は楽しいひと時を過ごしたと言えます。以前の私達は、母親と娘であるとともに友達でもあり、一緒に買い物に行くような仲でした。母はいつも小ぎれいな女性で、いつも化粧をして毎日おしゃれな服を身につけていました。そんな母の外見を保つことは結構大変で、まるで私が母の母親になったような気分でした。
　母の体重が急激に落ちて体臭がひどくなり、医者に行ったことがありました。食事と水分が不足していると指摘されましたが、自分ではそれらが不足していることが分からないため、父がそれらを十分にとれるように気をつけることになりました。
　母と父はよく南の暖かいところに旅行に出かけており、できる限りそれを継続しようとしていましたが、ある時、父は旅行しながらふと思ったそうです。
「今、私に何か起こったらどうなるんだろう？」
　言うまでもなく、母は困るでしょう。だって、母は自分がどこから来たのかも言えないわけですから。そのため、両親は旅行をやめてしまいました。
　2人だけで出かけるのは大変なことです。父が母の世話をすべてしなければならず、トイレにだってついて行かなければなりません。改

めて言う必要はないでしょう。父が女子トイレに入ることも大変でしたし、2人そろってテーブルを離れることも大変だったのです。

日常生活を不安にしたことの一つに、突然発症した母のてんかん発作がありました。何の予兆もなしに突然けいれんを起して倒れるので、大けがをする危険もありました。アルツハイマー病によっててんかんが引き起こされるなんて知りませんでしたが、そういうこともあるのです。脳に何らかの障害が起こるために、てんかんの発作が起こるということです。

2000年3月12日、父と母の人生をさらに変えてしまう出来事が起こりました。父のストレスが限界に達してしまったのです。母はまったく別の人間になってしまい、父がそれまで以上に多くのことをこなさなければならなくなったのです。母は父に協力しようとせず、不安感が強く攻撃的で、1日のリズムが崩れてしまって夜もよく眠れなくなった父は辛い毎日を送るようになりました。母が近くにいなくても母のことが頭から離れず、まったくと言っていいほど父は解放されることがなかったのです。

次の朝、私が母を迎えに行ったのですが、その時、父は母にカーディガンを着せるために1時間も格闘していました。私がやってみるとものの2分で着せることができたのですが、これは父の置かれている状況を表す典型的な出来事と言えるでしょう。

母をナーシングホームに連れていくと、母はショートステイの部屋をあてがわれました。それ以降、母が家に帰ることはありません。母は、自分がどうしてここにいなければならないのか分からないようでした。そのことを口にしたわけではありませんが、母の様子を見ていて分かりました。

幸い、ナーシングホームのスタッフはみんないい人ばかりで、よく

世話をしてくれました。私達は、母の部屋にあった絵や装飾品を飾ったりして、母が安心感を得られるよう気を配りました。

しかし、母がナーシングホームに入ってから私は、このような解決策を選択したことに対して罪の意識を感じるようになりました。父も私も、一日中プロの介護が受けられるナーシングホームに入ることが母にとってもベストであることは分かっていましたが、何か別の方法があったのではないかとか、母の病状をもっとよくすることができたのではないかなどと、つい自問してしまっていたのです。もちろん、そのようなことができたはずもなく、そんなこと考えても何の解決にもなりません。母は、快適に毎日を過ごしているのです。

母の病状は悪化し続けています。そんな母は、2001年10月に60歳になりました。認知症が母の精神を容赦なく侵しています。母を「悪い夢から起こす」ことができるものは何もありません。

母は、いつものスタッフと父の顔が分かりますが、ここのところ私の顔は分からなくなったようです。それは、母の眼を見ていれば分かります。

母はバランス感覚が衰えていて、重心を後ろにかけてしまうので歩くのがとても遅いです。すべてのことに介護が必要で、自分で食べることも飲むこともできず、距離の感覚もなく、できないことがたくさんあります。

このような状態が始まった頃は認知症のことが頭に浮かばず、私達だけで何とかしなければならないと考えて、必要な支援を得るために闘ってきました。今、私が母にしてあげられる唯一のことは、有能で熱心なスタッフにずっといてもらい、安心できる環境において生活が続けられるように努力することだけです。

6

私の祖母

イーディト・ヴァルボー・トゥズヴァズ
(Edith Valborg Tudvad)

ピーダ・トゥズヴァズ（Peter Tudvad）
1966年生まれ。文学修士(哲学)、キルケゴール研究者。
88歳のアルツハイマー病の祖母を1999年に亡くす。

　私は、アスィステンス・キアゲゴー墓地（Assistens Kirkegård）に出かけていって、母方の祖母のお墓のそばで過ごすことがよくあります。その墓石には、「1911年6月23日生まれ、1999年10月7日死去」と刻まれています。

　私がこの世に生を受けた時、祖母は54歳で、それから亡くなるまでの33年間、私の祖母でいてくれました。墓石には、「神は子を危険から守り給う」とも刻まれています。この詩はスウェーデンの讃美歌の一節ですが、のちにデンマークの讃美歌にも採用されています。

　祖母は幼少の頃、母親と弟と一緒にインドラ・ナアアブロー（Indre Nørrebro）に住んでいたのですが、暗くて怖い下町を一人で歩いて通らなければならない時にこの歌を歌ったそうです。この歌を私が初めて歌ったのは祖母の葬儀の時でしたが、祖母にとってこの歌は、自分を守り、悪を追い払ってくれる心強いものであったのではないかと思いました。

　祖母の人生は「悪」とは決して無縁なものではなく、祖母自身も「悪」にかかわっていた人間でした。子どもの頃、父親が貧しい家庭

を出ていったため、祖母は父親の代わりに母親の大切なパートナーとなりました。このような運命に対して祖母は抵抗を試み、それを乗り越えてきたと思っていました。

　祖母は祖父と出会って恋に落ち、私の母を身ごもりました。スキャンダルになるのを避けるためにすぐに結婚式の準備がなされ、式が終わってから10か月後に出産しました。祖母と祖父の結婚生活は幸せなものではなく、結婚直後、祖父は19歳の祖母を置いて家を出ていったのです。

　私の子ども時代、祖母と私の両親はしょっちゅう言い争っていました。何が問題なのか子どもの私には分かりませんでしたが、幸いなことに、「どちらが正しいと思うか」と私に問われることはありませんでした。

　私はよくオーフース（Århus）からコペンハーゲンまで遊びに行き、孫の特権で、コペンハーゲンの北西部にある祖母の居心地のよいマンションに泊まらせてもらいました。のちに、コペンハーゲン郊外のブランビュー（Brøndby）に住むクヌーズという恋人ができた祖母は、

コペンハーゲン中心部の広場

私にマンションの鍵をくれて、彼のところに行っている間は私にマンションを自由に使わせてくれました。もちろん、祖母がマンションにいる時には一緒に楽しく過ごしましたが、いない時でも私は結構楽しむことができたのです。地方都市から都会にやって来た22歳の若者にとって、楽しいことは山ほどあるのです！
　のちに私自身がコペンハーゲンに引っ越し、祖母が育ったナアアブローに住むことになりました。私達には共通の話題がたくさんあり、地域にある家や通り、店やトラム（路面電車）について話をしました。我が家に帰ってきたような気分になり、祖母の住みなれた地域が私の家のあるところだと聞いて祖母は喜びました。
　このように、私は祖母の家から目と鼻の先に住んだわけですが、そんなある日、1994年1月に一本の電話を受けました。警察からの電話でした。「イーディト・トゥズヴァズさんのご家族ですか？」と尋ねられたので、私は孫だと答えました。祖母が鍵を紛失したと言ってパトカーのなかに座っているので、迎えに来てほしいということでした。「みんなの笑いものになるのね」私の姿が見えると祖母は言いました。
「そんなことないよ、おばあちゃん！」
「ピアとポウルに言う必要はないでしょ」
「もちろんないよ」
　私達は警察を後にして、私の持っていた鍵で祖母のマンションに入りました。
「そう、私は引っ越したんだったわ」と祖母は言い、自分のマンションのなかを初めて見るような目つきで眺め、自分がどこにいるのかを把握しようとしていました。
「違うよ。おばあちゃん、ここに30年も住んでいるんだよ」
「模様替えをしたんだったかしら」と言って、祖母は思い出そうとし

ていました。

　祖母と話して、私はブレンビューのクヌーズのところまで送っていくことにしました。クヌーズのマンションに、ホームヘルパーが食事と薬を持ってきてくれるからです。

　クヌーズ自身はグローストロプ県立病院に入院していたので、彼に電話をしようと、私は祖母のカバンのなかから電話番号を探しました。その時、紛失したはずのマンションの鍵を発見したのです。こんなこともあろうかと、誰かがカバンにくくりつけていたようですが、そのことを祖母はすっかり忘れていたのです。

　次の日、私は数日後に迫っている試験に備えて勉強をしていました。すると電話がなり、警察が「公共交通機関であなたのお祖母さんを見つけて保護しました」と言うのです。同じバスに何時間も乗り続けていた祖母を見て、運転手が警察に通報したようです。

　祖母は、体が冷え切って疲労困憊していて、どこに向かっているのかさえ分からなくなっていました。その時、祖母もクヌーズと一緒に入院すべきであったと思いました。警察も、祖母を一人にしておくことはよくないと考えていました。

　あとで看護師から聞いたのですが、結局、警察官が祖母を家まで送り、祖母は丁重にお礼を言っていたそうです。

　祖母には明らかに老化の兆候が見られ、自分や自分の孫が分からなくなったのは、ひょっとしたらアルツハイマー病のせいかもしれないと看護師は言いました。祖母とクヌーズはナーシングホームへの入所申し込みをし、待機者リストに名前を連ねることになりました。しかし、クヌーズが脳出血を２回起こして体の一部が麻痺していたため、ナーシングホームの部屋が空くまで祖母は病院で待つことになったのです。

箱に詰められた祖母の人生

　両親と私は、祖母の人生をすべて（置物、写真、衣類、陶器、カーペット、レコード、手紙、傘、本、カーテン）箱に詰めました。しかし、祖母が持っていったのはそれらのほんの一部でした。クヌーズと一緒に住むために、スペースが限られていたのです。

　祖母は、車椅子に乗ったクヌーズと一緒にナーシングホームを嬉しそうにゆっくり歩き回っていました。2人は、互いに助けあいながら日々の生活を送っていました。そんなある日、「午後に、200歳になる母が遊びに来てくれる予定なの」と祖母は私に打ち明けました。横で、クヌーズが笑っていました。

　アルツハイマー病が祖母の心と記憶を蝕み、20世紀の終わりとなった祖母の頭のなかには、20世紀初めの頃の思い出の断片がほんの少しだけしか残っていませんでした。

　以前の祖母とはまったく変わってしまい、身の周りを乱雑に散らかし、さらに生活における欲までなくしてしまっていました。かつて祖母が自分の運命を変えようとしたのと同じように、私もこのような運命を回避しようと努力しました。

　あまり祖母に会いに行かなくなってしまった私ですが、久しぶりに行くと、祖母の言葉も周囲の様子も明らかに以前より悪い状態になっていました。

　昼夜かまわずずっと歩き回っている祖母は、他人の部屋に入っては物を取ってほかの部屋に持っていったりしていました。食事作りや食卓の準備、掃除、洗い物などにおいて職員の手伝いをしたがるのですが、思ったように手伝うことができませんでした。夜に起き出してク

ヌーズを起こしたりするので、彼は祖母の執拗なおせっかいに耐えられなくなっていました。結局、クヌーズとは別の部屋に寝ることになって、やっと彼は眠れるようになり、精神的な落ち着きを取り戻しました。

　祖母の部屋は、以前の住まいに比べると病院の部屋のように味気のないものでした。そこで、私は新しい家具を買いました。すると、少しずつ居心地のよい、家庭的な雰囲気になっていきました。一緒に座って古い写真を見ていると、幼い男の子の写真が出てきました。
「誰だか分かる？」と、私は答えを期待しながら聞きました。
「ええ、ピーダでしょう」祖母は、男の子の写真を温かい眼差しで見つめながら優しい声で答えました。
　祖母に思い出させようとして、「ピーダは僕だよ、おばあちゃん」と私は言いました。
「ええ」と、祖母のなかに存在するアルツハイマー病が機械的に答えました。どうやら祖母は、まだ1968年の時代に生きているようでした。
　相変わらずクヌーズのところに通っていた祖母は、次第に彼につきまとうようになっていきました。オーフースにいる母に、私は次のように報告しました。

> 　ナーシングホームのベント・ハンスンさんから昨日電話があったんだ。おばあちゃんの具合がよくないから、お母さんに連絡をしようとしていたそうだよ。おばあちゃんの認知症が進んで、言葉もますます出てこなくなってきている。ほかの入居者にとってもおばあちゃんの行動は我慢できないレベルにまでなってきているし、クヌーズも、これ以上おばあちゃんと付き合ってはいけないと言っている。そこで、職員達が専門家と話したところ、認知

> 症専門のナーシングホームのユニットに移したほうがいいだろうとすすめられたらしい。

そこでは、職員も十分に配置されているようです。

祖母はただ誰かを手伝いたいと思っているだけなのですが、そんな祖母のことを「泥棒」となじるほかの入居者との仲裁に常に入っていた職員は大変そうでした。

ある寒い夜のこと、職員が祖母を地下の駐車場で見つけました。寝巻きを着て、車を磨こうとしていたようです。職員が祖母の関心を廊下の手すりに引きつけると、そのあとは毎日、一日中手すりを磨くようになったということでした。祖母は、ひたすら歩いてばかりいました。亡くなるまでずっと、私が訪ねると部屋にいることは一度もなく、いつも手すりを磨くために廊下に出ていました。

ある日、祖母は手すりを2時間にわたって磨き続け、その後、私と一緒にルーフテラスに座って休憩をしました。その時、祖母が急に明瞭な言葉を口にして、私を驚かせたのです。

「ピーダ、私はもう言葉が話せないのよ！」

・・・ 病気のなかにユーモアを見いだす ・・・

祖母を訪ねる回数がまた増え始めました。そのたびに、病気が原因の喜劇的なことを経験しました。例えば、私は次のように手紙で母に報告しました。

> おばあちゃんと手をつないで毎回決まってナーシングホームを

散歩しているんだけど、おばあちゃんは小さな子どものように、ささいなものに興味を示すんだ。例えば、コンクリートの壁の穴とか暖房器具が熱くなっていること（変だと言って笑うんだ！）とか、換気口とかね。

おばあちゃんは、ピンセットのように繊細な人差指と親指を使って物の角をとらえて、要介護判定員に指先が器用であることを示していたよ。そのほかにも小さな子どもみたいなところがたくさんあったけど、子どもと違うのはたくさんの言葉を知っているところかな。問題なのは、その言葉をうまく並べて意味を伝えられないところなんだ。

だけど時々、子どもが積木をうまく並べるように言葉を正しく並べて文章を作ることもあったよ。僕がオーフースやお母さんのこと、そしてマスィーリスボー森(1)や僕とマスの堅信礼(2)のことを話したら、おばあちゃんは「マーギット！」とお母さんの名前を突然叫んだんだ。

その日の朝、高齢者施設のディ・ガムレス・ビュー（De Gamles By）のＢ部門にいるカーアンがやって来て、男女混合の６人グループが一つのユニットで暮らしていることや、庭にいる羊のことを話してくれた。それから、Ｂ部門に入る高齢者の条件についても話してくれたんだけど、おばあちゃんはその条件の一つを満たしていたよ。つまり、ほかの入居者の部屋に入っていって物を取るっていうこと。だけど、最近はそういう行動も減ってきたらしいよ。それに、おばあちゃんは暴力を振るったりもしないし大声もあげないし、精神病患者でも入院患者でもないしね。

それから、カーアンはこうも言っていた。「そこに彼女を移すということは、彼女のためというよりも、ナーシングホームの職

員が我慢できないからということなんです」と。そう、彼女は本当にそう言ったんだ。

ディ・ガムレス・ビュー以外にも、認知症の人向けのユニットがピプリンゲ・ドスィーアインゲン（Peblinge Dosseringen）の裏にあるトーロプスゲーゼ通り（Thorupsgade）のナーシングホームにあると教えてくれた。それは、おばあちゃんが生まれたバゲスンスゲーゼ通り（Baggesensgade）のすぐ近くで、職員の配置基準も高くて認知症の高齢者のニーズや能力にうまく対応してくれるところらしい。つまり、カーアンは、ディ・ガムレス・ビューの職員として入居予定のおばあちゃんの様子を見に来てくれたわけではなかったみたい。

精神病患者や入院患者といった問題行動のある人が優先されるらしい。確かに、それはよく理解できるけれど、僕はちょっと怒りを感じていた（24時間おばあちゃんの世話をしてくれる人に怒りを感じるなんてどういうことだ？）。だって、カーアンが言っていたように、おばあちゃんはそんな重大な問題を起こしていないんだから。

ベントとミレーデが行政のサービス削減に文句を言っていたけど、高齢者福祉でも同じような状況なんだ。だから、おばあちゃんをナーシングホームから出してしまおうというのは早まった提案だったんではないだろうか。

確かに、おばあちゃんは周囲の人に直接重大な問題を起こしたわけではないけれど、おばあちゃんの感じている「自分」は「周

---

(1) （Marselisborg Skovene）オーフース南部に広がる広大な森林地帯。
(2) 堅信礼とは、幼児の時に洗礼を受けた者が成人に達して信仰を告白する儀式。デンマークでは14歳の時に堅信礼を行うことが多い。

> 囲」と区別がつかないものになっているし、時間の感覚もずっと前からすっかり狂ってしまっている。そして今は、耳もおかしくなってきている。部屋で僕と話している時も、突然、誰かの声が廊下から聞こえてきたと言って僕の話が耳に入らなくなってしまうんだ。一緒に廊下を歩いている時も、突然、立ち止まって振り返り、30メートルも後ろを歩いている人の話し声が聞こえたと言うんだ。それだけでなく、その声に向かって話をするんだ。30メートルも離れている人と、わめきちらすようにね。
>
> カーアンが言うには、ちょっと忍耐強くおばあちゃんのような認知症の人が表現する断片を寄せ集めると、何を考えているのか、そして何を望んでいるのかが理解できるらしい。分解してしまったおばあちゃんの断片は、自分自身や僕、そしてお母さんのことを思い出してこそ出てくるものだと思うんだ。それに、まちがいなくおばあちゃんは、誰かに来てもらうことを嬉しく思っている。「僕が孫だよ」と言うと、おばあちゃんは笑って「知ってるよ」と言うんだ。

正装した官僚が戦闘服を着た軍人を見ても、その服の下にいるのが自分と同じ人間だということを理解できないように、私もここにいる認知症の人を見ても、それが祖母であるということがなかなか理解できません。

下町のナアアブロー地区に住んでいたため、街角で起こるトラブルをしょっちゅう目にしてきたのですが、このような諍いは、人間の外面にとらわれすぎて内面を見ようとしないために起こることがよくあります。私自身が、人間性を失いつつある、目の前にいる人物のなかに人間を見いだす訓練をしなければならないと思っています。

祖母は、もう言葉を失っていました。私が孫であることが分からず、先日も、来てくれた親切な男の人と思っていたようです。自分の意志で生きているのではなく、まるで自動装置で生かされているかのようでした。私の母が、次のようなことを言いました。
「どうしておばあちゃんは死なないの？　あの老魔女は。きっと、昔からもっている秘密が何かあるのね。おばあちゃんの生活はまったく変わってしまったわ。前の生活は、もう腐ってなくなってしまったんでしょ？
『1、2、3、4、5、6、7、8、9、10！』
　おばあちゃんの秘密なのかしら、何度も何度も10まで数えて、同じことを永遠に繰り返している。空虚な生活を、また最初から、また最初から、また最初からってね。
　人間、誰でも死ぬんでしょう？
　おばあちゃんの部屋の時計は3時間も遅れている。もし、おばあちゃんが時間をごまかしているんだったら、私が時間の管理人になってあげるわ。そして、死刑執行人にもなるわ。時計を直したら5時10分。時間は進んでいくものよ。そうでなきゃおかしいわ。短針はクロノス時間(3)で動いているけど、長針は重すぎて機敏に動く短針についていけない。長針は止まってしまった。5時10分、10分早めておくわ。
『1、2、3、4、5、6、7、8、9、10！』
　このやっかいな時計の針は自分の好きなように動いて2分先に進むけど、すぐに私も時間も背を向けて1分後ろに進む。そこで止まって、もたもたしているわ。

---

(3)　計測可能な時計時間のことで、過去から未来へと一定方向に一定速度で流れていくもの。これに対し、カイロス時間とは人間の内的な時間のことで、逆方向に進んだり速度が変わったりする。

コペンハーゲンにある緑豊かな施設

　今度、私がおばあちゃんを訪ねる時は新しい電池を持っていくわ。時間を止めてはいけないの。

　それから、おばあちゃんの腕をとって廊下に出て、前方に10進むように連れていくわ。

　『1、2、3、4、5、6、7、8、9、10！』ってね。

　おばあちゃんに言っておくわ。おばあちゃんの年齢でブルース・スプリングスティーンの『ワイルドで行こう（Born To Be Wild）』(4)が好きなんておかしいってね。もう若くないのよ」

••• アルツハイマー病〜死神 •••

　アルツハイマー病、私にとって死神同然のものです。ゆったりと、しかし確実に人の命を奪い取る死神。私の祖母は、その「アルツハイマー病」という診断を受けました。同じ病気にかかる人はたくさんい

ますが、私の母方の祖母はたった一人しかいません。誰でもそうであるように、祖母は確かに良いところも悪いところも持ち合わせた人でした。個性的な人であったがゆえに、祖母の病気にも個性がありました。かつては強い魂を宿らせていた哀れな身体、それが祖母でした。

　元気な時には幸せを追い求めた祖母でしたが、そのために、唯一の子どもを犠牲にしました。その人は、本当に、私が今手をつないで一緒に歩いているこの女性なのだろうか？

　私は祖母をよく観察して、母に宛てた手紙のなかでその状況を書き記しました。

> 　おばあちゃんの状態はよくありません。車椅子に座っていて、自分で立ち上がれないような状態で、常にテーブルのところに座らされています。イースターの頃、おばあちゃんは合計3回転びました。そのうち2回は、救急病棟に運び込まれて傷口を縫わなければなりませんでした。おばあちゃんは、控えめに言ってもかかしのようなみじめな姿で、先の長くない老女に見えます。
> 　職員は、おばあちゃんが今後どのような姿になっていくかについて、私に覚悟ができるよう気を遣ってくれています。おばあちゃんを見ると、それがどういうことかよく分かります。マスが子どもの頃に書いた絵に似ています。体のあちこちに傷があり、黄、青、緑色のあざもそこらじゅうにあります。
> 　お母さん、おばあちゃんの姿はそんな状態なので、会うのを楽

---

(4)　(Bruce Springsteen, 1949〜) アメリカ生まれのシンガーソングライター。アメリカンロックを代表する存在。『ワイルドで行こう』はカナダで結成されたロックバンドであるステッペンウルフ (Steppenwolf) のヒット曲で、ブルース・スプリングスティーンはこの曲をカバーしている。

しみにしないほうがいいと思います。お母さんはきっと号泣するだろうと思います。でもお母さん、お願いです。おばあちゃんの最期が近づいてきたら、おばあちゃんのことを思ってほしいのです。今は運命のいたずらのせいで、お母さんが描写するような魔女のような姿をしているかもしれませんが、恵まれないおばあちゃんを、あの世に送り出すのは残された者のせめてもの義務だと思うのです。

　お母さん、私は愛するおばあちゃんのために心からお願いします。まもなく、おそらく今年中に来ると思うのですが、その時が来たら、おばあちゃんをアスィステンス・キアケゴー墓地に埋葬することを認めてください。あの地域が、おばあちゃんのふるさとであり、一生懸命人生を生きた場所であり、おそらくたった一つの喜びをつかんだところなのです。その喜びとは、お母さん、あなたです！

　人間の愛は残酷な一面ももっています。おばあちゃんは、まさに愛するあなたを、ほかの誰よりも苦しめたのですから。でも、だからこそ、おばあちゃんを尊厳ある形で埋葬して、名前と生年月日、そして亡くなった日を彫った墓石を置いてあげて、安らかに眠らせてあげてほしいのです。

　私が必要な費用は支払いますし、お墓の掃除もします。私はおばあちゃんに辛い仕打ちを受けなかった唯一の家族だからこそ、自分がそうすることが正しいと思っています。

　お母さん、お願いです。お母さんだって、自分の心のなか以外に、ひざをついて自分と自分の母親の苦しみに涙を流せる場所をどこかにもちたいと思っているのではないですか」

その夏、祖母は何度か危篤状態に陥りました。私は祖母の手を握ってそばに座っていました。祖母は苦しそうな息遣いで天国に召されそうな様子でした。母がオーフースから大急ぎでやって来ましたが、まだ最後のお別れを言う状況ではありませんでした。

　最期の時は、夏が過ぎて秋になり、木々の葉がすっかり落ちてしまった頃にやって来ました。そうして祖母は、ナアアブローのアスィステンス・キアケゴー墓地に眠ることになりました。ナーシングホームにいた頃より、私は祖母を頻繁に訪ねようと考えていました。お墓の前でしゃがんで祈り、祖母とおしゃべりをし、尋ねました。ナーシングホームで一緒に散歩したり、手すりを磨いたりしていた頃のことを覚えているか、と。

　私は、今でも祖母のことをよく覚えています。最終的に、アルツハイマー病患者ではなく祖母を心のなかに留めているのです。そういう意味で、祖母はアルツハイマー病に勝ったと言えるでしょう。

　祖母に関する最初の記憶は、子どもの頃のクリスマスイブの日、祖母がうちに遊びに来るというのでオーフース駅に迎えに行った時のことです。私は「クリスマスだ！」と大喜びをしていました。

　祖母に関する最後の記憶は、死期が近づいているにもかかわらず私の手を握り、もう片方の手には手すりを磨く雑巾を握っていた年老いた姿です。祖母は、私にいろいろなことを教えてくれました。死について、生について、そして人間らしい人生がどういうものかは自分で決めるものではないということを。

　私は、祖母のカルテを書き終える前にブラックジョークを終わりにしました。

「先日、祖母の所に行きました。あまり覇気はありませんでしたが、小ぎれいにしていて、まあまあ元気にやっているように見えました。

祖母と会話をするのは難しいと思っていたのですが、私が『今から仕事に戻らなければ』と言うと、祖母はせがむように『だめー！』と言ったのです」

　しかし私は、罪の意識を感じるたびにサンクト・カニゲストレーザ通り（St.Kannikestræde）に戻っていくような気がするのです……。

7 親愛なるお父さんへ

スサネ・オーオン（Susanne Aaen）
1950年生まれ。リフレクソロジスト[1]。
76歳になる認知症の父をもつ。

　あなたは、4年前から少しずつ変わってきましたね。名前が思い出せない時や、何と説明すればいいのかが分からない時には、いつも攻撃的になったり、不機嫌になったりしていましたね。とても頑固で、自分の思い通りに物事が進まないと気に入らない人でした。あなたと24時間一緒に過ごすお母さんは辛かったことでしょう。何を言っても、長年の親しい友人達と突然会いたくないと言い出したりするのですから。しかし、母は受け入ざるを得ませんでした。

　家で何を買うかは、すべてあなたが決めていました。それが必要であるかどうかなんて関係ありませんでした。親愛なるお父さん、あなたの様子がおかしくなってきたのはまだ70歳の時だったんですよ。あなたの様子を見て、聞いて、感じて、胸が痛みました。でも、攻撃的な言動や不機嫌さが、少しずつですが「愛らしさ」に姿を変えていきました。優しく楽しそうで、前向きな人になったのです。そう、あな

---

[1] リフレクソロジーを行う人のこと。リフレクソロジーは、足裏には全身の器官につながっている"反射区"があると考え、それに刺激を与えることによって対応する部分の不調や痛みを和らげようとする健康法。

たらしい前向きさです。

　私が生まれてからずっと知っていたお父さんから、違う人へと変わっていきました。あなたの目つきが変わってしまったのです。それは、実際に目にして感じないと分からないでしょう。自分の頭と手を使ってなんでもやり遂げた知的で理性的で、時には頑固なお父さん。そんなあなたが、もう私のお父さんではなくなってしまったのです。体は確かに私のお父さんでしょうが、内面は変わってしまったのです。ただただ胸が痛くて、どれだけ涙を流したことでしょう。そして、状態が悪化してきたと感じるたびにますます胸が痛むのです。

　私の大好きなお母さんは、すっかり疲弊してしまっています。妹のアネデと私はできる限りお母さんの負担を軽くしようと心がけていますが、そのお母さんはあなたと常に一緒にいるのです。

　睡眠薬をもらうまで、お父さんは一晩中起きていましたね。服を脱いだり着たり、服をひっくり返したりしていました。普段着の上にパジャマを着て、家中の電灯をつけ、台所のレンジの火をつけ、水道の水を出す。お母さんは、睡眠不足でどうにかなってしまいそうでした。ある時、お母さんは睡眠薬を5ミリグラム服用するとよく眠れることを発見しました。それでお母さんは毎晩6〜7時間寝られるようになり、次の日のために体力を備えられるようになりました。

　妹と私は、子どもの頃、愛情をいっぱい受けて育ちました。私達の小さな家族は、強い絆で結ばれた家族でした。いつも一緒で、いろいろなことをしました。何でも知っていて、何でもできるあなたは、家族の柱でした。

　子どもの頃、あなたとお母さんは自ら経営する会社で、暖房装置、上下水道の配管業務をしていました。お母さんは家のことと事務所の仕事をして、お父さんはそれ以外のすべてのことをしていましたね。

またあなたは、作文や数学の勉強をよく手伝ってくれました。いつも本を読んでいましたし、とても難解なクロスワードを解くこともできました。

　私達が壁にぶつかった時、あなた達はいつもそばにいてくれました。いつも支えて導いてくれたお父さん、あなたはいつも解決策を教えてくれましたね。私自身が家族をもつようになっても、同じように助けてくれました。心の支えになってくれるお母さんとお父さんに育てられて私は生きてきました。そう、必要な時にはいつもそばにいてくれました。

　しかし、今はその役割が反対になりました。あなたのことで疲れたお母さんが、私達に支えを求めています。そして、あなたも私達が世話をすることを求めています。そのことについてお母さんは罪悪感をもっていて、私達は何度も話し合いました。しかし、これはずっと続くことなので、今後その罪悪感が消えることはないでしょう。

　お母さんは、近いうちにあなたを「他人に預ける」かどうかを決めなければなりません。いつかお母さんに限界が来て、あなたと一緒に暮らしていくことができなくなる日が来ることを私は知っています。

　お母さんは、あなたから目を離すことができません。お風呂に入ると、出てくる頃にあなたがいなくなっているかもしれないのです。あなたは、電化製品を使うことや料理といったことをいまだに自分でできると思っているでしょう。でも、できないのです！

　あなたが何かをしようとすると家のなかがめちゃくちゃになりますし、あなた自身も頭が混乱します。頭のなかで処理しきれなくて、ひどい頭痛が起こります。そうなると、私達が気をそらしたり、うまくやり過ごしたりしなければならないのです。

　私達は、子どもの頃のように家族旅行を再開しました。お母さんと

お父さん、そして私達娘2人。昨年は、ユトランド半島北部のフレズレクスハウン（Frederikshavn）に行きました。私達はそこでサマーハウスを借りて、毎日、あなたが生まれたバングスボストラン（Bangsbostrand）とその周辺のよく知っている場所を訪ね歩きました。私達みんなにとって素晴らしい旅でした。

　最近、私達はオーフース（Århus）にある屋外博物館デン・ガムレ・ビュー[(2)]まで日帰りの旅行をしましたね。でもあなたは、何かを続けてすることができず、混乱し、不安になり、吐き気がして頭痛を起こしました。今後は、近場でちょっとしたお出かけに留めようと思っています。さらに、状態が悪化することも考慮に入れなければなりません。

　現実的な問題はほとんど解決できています。あなたは週2回、地域のナーシングホーム付属のデイセンターである「イェメズ（Hjemmet）」に通うようになりました。母はあなたがいない9〜15時の間に自分のことをして、リフレッシュできるようになりました。でも、「解決できた」と言えるかどうか実際のところ分かりません。今でも、私の胸が痛むのですから。

愛をこめて　　スサネ

---

(2)　（Den Gamle By）古い言えや生活風景を再現したテーマパーク。16〜20世紀の家屋をデンマーク各地から集めて、広い敷地に設置している。

8 幼い頃の私達しか覚えていない母

ハネ・ヴァーミング（Hanne Varming）
1939年生まれ。彫刻家。
87歳になる認知症の母をもつ。

　母の住んでいるゲントフテ（Gentofte）の「サーレム（Salem）」というナーシングホームを訪ねると、母はいつも楽しそうで落ち着いた様子をしており、きれいな服を着て身なりを清潔に整えています。ここに入ってから4年間、ホームの職員達が本当によくしてくださることに私は感謝しています。

　母は87歳で認知症です。いつ認知症になったかははっきりしません

古い調度品が昔の記憶を呼び起こす

が、10年ほどかけてゆっくりと病気が進行してきたように思います。父と母は、若い頃に結婚してからヘレロプ（Hellerup）の同じマンションに57年間住み、その間に4人の子どもをもうけました。

　父は官公庁で弁護士をしており、一日中オフィスで仕事をしていました。ですから、食事を作ったり子どもの世話をしたりといった家のことはすべて母がしていました。自分の子ども時代を振り返ると、すべてを一人でしていた母に尊敬の念を抱きます。母はもちろん専業主婦でしたが、当時においてそれは一般的なことで、同じマンションに住む母親達もみんな専業主婦でした。

　私達姉妹は、学校から家に帰ると、想像力を膨らませて新しい遊びを見つけ、飽きることなくマンションの庭で思いきり遊んでいました。また、大きくなると、お手伝いを必ずしなければならなかったので、否応なしにたくさんのことを学びました。

　道の向い側にある「トラーネゴーススコーレン」という学校に私達は通っていましたが、母は学校に対してほかの家とは違う特別な態度をとっていました。私達がお弁当や体操服を忘れたら自分でわざわざ届けに行ったり、私達が病気で欠席する時には長い手紙を書いて先生にわたしたりしていました。おそらく母は、私達が学校で特別扱いされるように努力をしていたのだと思います。

　母は小柄で、気まぐれな人でした。赤毛でそばかすがあり、ぽっちゃりした腕をしていました。子どもが大好きだった母は、放課後に子ども達が遊びに来ると、香り豊かな焼きたてのケーキを振る舞ったり、母が創作したお話を聞かせてくれたりもしました。

　母はクラシック音楽が苦手で、母がピアノを演奏する時は、まるで調律師が調律をしているような音が聞こえてきました。4人の子ども全員にピアノを習わせたいという父の意向で、1週間に1度、イェス

パスン先生にピアノを習っていました。私達があまり真剣に練習しない時などは、母が出てきて、イェスパスン先生に「ピアノを弾いて子どもに聞かせてくれませんか」と頼んでいました。そんな時先生は、喜んでピアノに向かってバッハの『平均律』を弾いてくれました。

　最悪だったのは、母が豆の煮込み料理を作り、火を止めるのを忘れた時のことです。イェスパスン先生がピアノを弾き、母と私達はお行儀よく座って聴いていたら、焦げついた臭いのする煙がどんどん部屋のなかに入ってきました。先生の演奏をさえぎりたくなかった可哀そうな母は、笑ったらよいのか泣いたらよいのか分からず、オロオロして結局は泣きながら笑っていました。

　やっと演奏が終わり、母はイェスパスン先生に父の最高級の葉巻をすすめました。その代わりに、先生からもらった両切り葉巻を母は父にプレゼントしました。

　その日、父は不機嫌でした。しかし、父は母のことが大好きで、母が何かをおねだりする時にするおかしなステップを踏むのを見ては、いつも涙を流して笑い転げていました。

　子どもの頃、家は笑いで満ちていました。私達3姉妹にそれぞれ恋人ができ、妹の親友が弟の恋人となりました。みんなが家を出てゆき、時が過ぎて11人の孫が生まれ、あっという間に両親達は年をとってしまいました。何もしなくなった母を、父は「いい時もあれば、おとなしくなる時もあるんだ」と言って弁護していました。すべてのことが変わってしまったのです。

　私達が母に、「毎日、温かい食事を食べている？」と尋ねると、母は、「もちろん。私はスィルゲボー家政学校に通っていたんですからね」と言います。しかし、母は食事などは作っていませんでした。そこで私達4人は、1週間交替で両親に食事を作って届けました。

ところが、家の状態がますますひどくなり、外からの手助けが必要な状況となってしまいました。母は、自分では掃除もして食事も作っていると思っているようです。一方、家事をしたことがなかった父はどうしていいか分からず、ひどい状態となりました。とうとう、ホームヘルパーに来てもらうことになったのですが、買い物にも行ってくれたりして本当に助かりました。2人とも、若いホームヘルパー達が気に入ったようです。
　父は住んでいる家を離れたくないと考えていましたし、母も父と一緒に暮らし続けたいと考えていました。父は最後まで頭がしっかりしていて、家のことを仕切っていました。
　父が亡くなったのは1997年で、手術中に息を引き取りました。疲れきっていた父ですが、最期までよく頑張ったと思います。しかし、自分の妻があのような状態になって、どうしようもない姿を見ることはとても辛いことだったと思います。自分の愛する人が認知症になってしまうというのは最大の悲しみでしょう。何と言っても、一緒に経験した楽しい思い出について語り合えないのですから。
　この先、母がどうなるのかと私達は心配していましたが、母がナーシングホームに入って4年が過ぎた今、よいナーシングホームに入ることが本人にとっても家族にとっても大きな意味をもつということが分かりました。心の平穏と喜びを取り戻した母は、大好物の料理を嬉しそうに食べるようになりました。また、調子がよい時には、私達が小さかった頃の話をしてくれます。その頃の思い出だけは少し覚えているようです。

9

耐えがたい苦痛

アラン・イェンスン（Allan Jensen）
1926年生まれ。元校長。
76歳になるアルツハイマー病の妻をもつ。

　妻はアルツハイマー病を患っています。認知症の人がいると、家族もある意味で病気になるとよく言われます。アルツハイマー病などの認知症についてできるだけ多くの人に知ってもらいたい時には、このように言うと分かりやすくて説得力がありますが、あまり根拠はありません。
　認知症の人の家族は病気ではありませんが、特殊で説明しにくいことが家族に要求され、日常生活やそれまでのライフスタイルが一変してしまいます。
　私の妻であるグレーデは76歳で、フレズレクスハウン（Frederikshavn）の生まれです。フレズレクスハウンのあるヴェンスュセル地方の人々は、物事にすぐ感動したりせず、他人の言葉を疑ってかかり、皮肉を込めた独特のユーモアセンスを持ち合わせているうえに頑固であると言われています。妻もそのような人でした。
　妻は、素晴らしい里親のもとで育てられました。里子だったからといって辛い思いをしたことは一度もなく、里親を心から慕っていました。父親は世界中の海を航海した船乗りでしたが、グレーデが生後1

週間で家に来た時から海に出るのを辞めました。妻は自分の本当の両親を知りませんが、もし、偶然でも両親に出会うことができれば嬉しいと時々話していました。

当時は一般的であった7年間の学校教育を終えたあと、妻はある家で住み込みの家政婦の仕事を始めました。当時、身分の低い家庭の娘がそのような仕事をすることは珍しくありませんでした。妻にとってはあまり楽しい時期ではなかったようです。

1945年にコペンハーゲンに出てきて私と出会い、1947年に結婚しました。5～6年間工場で働いたあと（私は教育課程を終えようとしていた時でした）専業主婦となった妻は、一人っ子となる長女を産みました。

月日が流れ、家庭と子どもの世話、のちには孫の世話、地域の主婦仲間との活動、そしてリサイクルショップの開店を手伝うという忙しい毎日を妻は送っていました。体調を崩して数回の手術を受けましたが、無事に成功し、私達は長い間幸せな結婚生活を送りました。もちろん、アルツハイマー病がどちらかを襲うなどと考えたこともありませんでした。そんな言葉も知らなかったくらいです。

いつ始まったのか？　最初の兆候が出て何かおかしいと気づいたのはいつだったのだろうか？

よく覚えていませんが、7～8年前のことだったと思います。認知症の人の家族がよく言うような兆候、つまり物忘れが出てきたのです。外にある物置にジャガイモを取りに行って戻ってきた時、「何を取りに行ったんだったっけ？」と言うのです。最初は笑って、「お互いに年をとった」とからかっていました。何を取りに行ったのかを忘れてしまうことは、私にも時々あったからです。

ウォーキングやサイクリングが好きな私達は、美しい自然を楽しみ、

外でお弁当を食べることが大好きでした。4〜5年前のある日曜の午後、サイクリングに出かけ、私はグレーデの数メートル前を走っていました。突然、妻が転倒する音が聞こえました。妻は意識を失っていました。何秒かあとに意識を取り戻しましたが、何が起こったかを妻はまったく覚えていないと言うのです。

幸いなことに、まだ家からそれほど遠くは離れておらず、偶然知り合いも通りかかったので、グレーデを車に乗せて家に帰ることができました。私はというと、2台の自転車を押して家に戻りました。

話をしてみても妻の様子は特に変わったところがなく、数時間眠るとすっかり回復しました。その後も自転車で転倒することが数回続いたので、サイクリングはやめて、その代わりにウォーキングをすることにしました。

医者である娘のローネにその話をすると、「医者に行ったほうがいい」と言ったのですが、病気でもなく痛くもないのでつい医者には行かずじまいでした。

ある日、ローネが会議で家を空けるので、孫のイェスパの世話をするためにグレーデが一人でオーフース（Århus）まで行きました。すると、イェスパから電話があり、妻が意識を失ったので医者を呼んだと言うのです。医者がすぐに来て、「病院に入院しますか」とグレーデに尋ねたようですが、彼女はしっかりと答えることができなかったため、医者もすぐに帰ったようです。幸い、親しい近所の人が数人来てくれたので、イェスパが一人でおばあちゃんと過ごすということにはなりませんでした。

私も急いで向かい、数時間後、到着した時には妻はすっかり回復していました。少し疲れた様子ではありましたが、それ以外に変わったところはありませんでした。しかし、やはり何が起こったかを妻はま

ったく覚えておらず、ただ、入院するかどうかを尋ねられたようなことをぼんやりと覚えているだけでした。家に帰ってから娘のローネにこのことを話すとカンカンに怒り、今度こそ病院に行くということになりました。
　オーフースから帰ると医者のところに行き、検査と説明のあと、オルボー（Aalborg）の神経外来で精密検査を受けることになりました。そこでは、記憶力テスト、スキャンなどのあらゆる検査を受けました。グレーデを診た医者は非常に丁寧で、入念に検査を数回しました。そのあと、2か月後にまた来るように言われました。
　2か月後に再度検査を受け、アルツハイマー病という診断が下されました。最初の検査の時に医者がアルツハイマー病の可能性に触れていたので少し予想はしていましたが、確定したわけではなかったので、グレーデには何も言っていませんでした。
　医者は、アルツハイマー病とはどのようなものか、どのように進行するのかなど詳しく話してくれました。そして、半年後にまた来るように言われました。
　家に帰ってから私達は黙ったきりで、医者から聞いたことについてまったく口にしませんでした。話す前に、それぞれがよく考えて、自分のなかで消化しなければなりませんでしたが、そのあと、私達がしっかりと向き合ってこのことについてじっくりと話し合ったわけではありません。だからといって、何事もなかったかのように振る舞っていたわけではなく、生活していくなかで気づくことがあれば、そのたびに少しずつ話をしました。
　以前なら笑ってすませていたようなちょっとした出来事も、アルツハイマー病のせいなのだと意識するようになり、医者の診断は正しかったのだと感じることもよくありました。

それをきっかけに、2人の将来についても話しました。グレーデは驚くほど冷静に事態を受け止めていました。どうしようもないのだから……と、自らの状況を受け入れているようでした。どちらかというと、私のほうが辛く感じていたと思います。私はヴェンスュセル人ではないので淡々と受け止めることができませんが、この頃、私達の関係はより親密になり、そのことを今振り返るとよかったと思っています。なぜなら、最近の妻はますます自分の世界に閉じこもるようになり、ますます私から遠ざかっていくように感じるからです。

　ある時、グレーデの心臓の調子がおかしくなり、また精密検査を受けることになりました。検査後、「3か月後にもう一度来るように」と言われ、日程も決められました。

　妻の体調はますます悪くなり、ある日、私は妻を救急診療に運び込みました。心臓外科から医者が来て診察をしてくれましたが、その医者が「とりあえず入院しましょう」と言いました。グレーデもそんな予感がしていたのでしょう。洗面道具などを持ってきていましたから。私は、グレーデがアルツハイマー病を患っていることを医者に伝えました。

　病院に入院してまもない頃の、あるエピソードについてお話しましょう。

　グレーデが病室から出ていってしまったことがありました。病院の忙しさを考えると、誰も気づかなくても仕方のないことでしょう。病院のドアはどれも似たような形で、グレーデはどうやって病室まで戻ってくればよいかが分からず、2階上の病棟に行っていたのです。どれくらいの時間そこにいたのかは分かりませんが、ある看護師が別の病棟から来ている妻に気づき、その看護師に連れられてやっと自分の病室に戻ってきました。みんながほっとして喜んだことをよく覚えています。

手術がアルツハイマー病を悪化させる

　数日後、妻は手術をするために心臓外科に移されました。心臓近くを走る大きな動脈がすり切れてしまっているということでした。医者の話では、手術中は心臓が止められ、それによって脳へ行く血流量が急減するために、アルツハイマー病が悪化する可能性があるということでした。その後、再手術も２回行われ、グレーデは丸３日間ほど人工呼吸器をつけていたことになります。

　アルツハイマー病が悪化するという恐れは、現実のものになりました。妻は病院で15日間にわたってベッドで横になっていたのですが、その間、ずっと誰かがそばについていなければなりませんでした。というのも、すぐにベッドを離れてどこかに行こうとしたからです。起きている時、少しでも目を離すと歩き出してしまいます。病室のドアに大きな張り紙をしていても妻は自分の病室が分からず、他人の病室に入ってしまいました。

　退院をして家に帰ってきてからは、辛い時期が続きました。私の顔まで分からないという状況が多くなり、自分の弟とまちがうのです。私がちょっとトイレにでも行くと、すぐに私を捜し始めて大声で呼びます。一時も落ち着くことがなく、棚や引き出しを片づけだしたりします。ぐっすり眠ることもなくなり、夜中の３時に起き出しては台所に行って豪華な朝食を作り、私を起こして嬉しそうに「朝食の用意ができた」と告げるのです。そうして、一緒に朝食を食べると妻は満足するのです。

　最後には、妻ではなく私が倒れそうになりました。妻はエネルギーに満ち溢れ、眠らずに活動していてもまったく疲れないのです。

妻が家で過ごした最後の夜のことです。真夜中に荷づくりを始め、私のところに来て「母のところに行く」と言い出しました。しかし、妻の両親は30年前に亡くなっているのです。私に「準備ができている？」と聞くので、「できていない」と答えると、妻はトランクを持って出ていこうとしました。私はほとんど力づくで、大声で叫ぶ妻を家のなかに押し戻しました。すると、妻は娘のローネに電話をして、母親のところに行かなければならないのに私が邪魔をした、と激しく不満をぶつけました。真夜中に起こされた娘が黙っているわけがありません。ローネは私に、「夜間診療の医者をすぐ呼ぶように」と、ほとんど命令口調で指示しました。

　医者が家にやって来ると、グレーデに会う前に私は急いで状況を説明しました。まったくもって素晴らしい医者でした。グレーデの前に穏やかに腰を下ろし、彼女の手をとって、どんなひどいことをされたかについて語る彼女の話に耳を傾けるのです。数時間、座って彼女の話を聞いていました。落ち着いたのか、医者に対して妻は、朝まで眠ることを約束しました。

　医者が「薬も注射も私はしませんよ」と言ったこともあって、翌日、医者のところに行くことを妻は嫌がりませんでした。グレーデはその医者を慕っており、同時に医者は彼女にとって権威者で、従わなければならない存在だと考えていました。その医者がブラナスリウ（Brønderslev）の精神病院に行くことをすすめたので、私達はそこに行きました。妻は、トランクも持っていきました。そこから、母親のところに行こうと考えていたのです。

　結局、妻は入院することになり、3か月ほどして調子がとてもよくなりました。すっかり落ち着き、私のことも分かるようになり、妻を家に連れて帰ろうかと考えるようになりました。しかし、周囲の人達

がそれを強く止めるので、妻をナーシングホームに入れようかと考えるようになりました。妻もその計画にすぐに賛同し、認知症の専用ユニットをもつ市内の２か所のナーシングホームのうち一方を選んで問題なく入居することができました。

　こうして私の妻は、ハルス（Hals）の「フィヨアパーゲン（Fjordparken）」という施設で２年ほど過ごすことになりました。最初から、妻はそこがとても気に入っていました。小さな素敵な部屋に、お気に入りの椅子、大好きなソファ、自分のベッド、壁に掛ける家族の写真、小さなテレビなど、自宅から持ってきた家具を並べました。

　６人の認知症の人が住む「ヒュゲボー」というユニットのなかで、入居後長い間にわたって家事を手伝っていました。テーブルセッティングをしたり、ジャガイモの皮をむいたり、夕食や昼食の準備を手伝ったり、掃除をしたり、花に水をやったりなど、家でしてきたことを手伝っていました。また、自分の部屋で排泄・入浴などのすべてを自立してこなしました。

　認知症なのですから事態は深刻なはずですが、毎日が平穏にすぎていきました。私は妻のところに毎日行って、散歩などをして一緒の時間を楽しみました。道端で互いによく知っている人に出会ったら、おしゃべりをすることもあります。保っている外見が崩れてしまうまでは、グレーデも話についていくことができました。

　次の日、話した人に会うと、「どうしてグレーデはあんなにしっかりしているのに、ナーシングホームなんかに入っているのか分からない」と言われます。このようなことを言われると傷つきますが、彼らには分からないのだと自分に言い聞かせて乗りきっています。そういう人達は、グレーデが会話中に決まった言葉しか発していないことに気づいていません。

••• 誰にも相談できない悩み •••

　その後、グレーデはナーシングホームから出ていってしまうことが何度もありました。最も大変だったのは、10月の冷たい雨と風の吹く夜中3時に、パジャマに薄手のカーディガンを羽織ってスリッパのままハルスの港まで行ってしまったことです。私が駆け付けた時には、妻は港から連れ戻されて、夜勤の職員の横に座ってコーヒーと軽食を食べていました。妻は機嫌がよく、私にもコーヒーと軽食をすすめてくれました。私が駆け付けてきたことを不思議に思うわけでもなかったので、私は何も言いませんでした。

　次の日、ドアにアラームが取り付けられました。これまでは、そのような措置をとることに私は反対していたのですが、このようなことがあってからはやむを得ないと思いました。グレーデも納得していると思います。

　妻がどのような道を進んでいるかは、彼女自身も私もよく分かっています。ある日、妻がふと次のように言ったことがあります。
「私は自分がアルツハイマー病だって分かっているし、それがどんな病気かも分かっています。でも、もうそのことについては話さないようにしてくださらない」

　それ以来、私達は、アルツハイマー病については一言も話していません。

　グレーデはもう何もできなくなってしまい、生活のすべてに介護が必要となってしまいました。しかし、本当に親切で素晴らしい職員達のおかげで、グレーデは幸せに暮らしています。自分の世界のなかで生きていて、物を出してはまちがったところに片付けたりして職員の

仕事を増やしています。でも、職員は微笑みをたやすことなく仕事をし、声を荒げることもなく私達を全面的に支えてくれています。彼女達には心から感謝しています。

　アルツハイマー病の人を家族にもつことは辛いことでしょうか？55年の間、愛し合い、喜びも悲しみも分かち合い、今も愛している人がゆっくりと着実に病に侵されていくのを見ること。その人が、一緒に生きた世界からゆっくりと去っていき、自分だけ別の世界に入っていくのを見ること。娘や孫が小さい時に話したことを、ぬいぐるみや人形に向かって話しているのを耳にすること。自分が誰だか分かってもらえなくなること。昔のように会話できなくなってしまうこと。これらは辛いことでしょうか？

　確かに、辛いことです。時には耐えがたいほどの苦痛を感じます。他人に打ち明けられるようなことではなく、一人で抱え込んでしまうからです。でも、私はそれを病気とは言いたくありません。むしろそれは、「重い負担」と呼ぶべきでしょう。この負担は、ほかに負ってくれる人はいないのですから負わなければなりません。

　私の支えになっているのは、グレーデが閉ざされた自分の世界のなかでも幸せに元気に日々を過ごしているという事実であり、素晴らしい人が妻の世話をし、支えてくれているという事実です。

10 素晴らしい叔母達

リスベト・スミト（Lisbeth Schmidt）
1953年生まれ。建具屋、葬儀屋。
78歳と89歳になる認知症の叔母をもつ。

　私の名前はリスベト・スミトで、結婚して25年になる48歳の女性です。3人の子どもはみな成人しています。私は建具屋の資格をもっていて、同じ資格をもっている夫とともに、建具会社と葬儀社を22年間営んでいます。

　私には未婚の叔母姉妹がいますが、叔母達には子どもがおらず、私達が唯一の家族です。

　私達は、いつも叔母達が開くパーティーに参加してきましたし、逆に叔母達も私達の開くパーティーにいつも参加してくれました。几帳面な性格で、それぞれ銀行と税関というよい職場で働いていました。家政婦を雇っていて、私達がパーティーに参加した時には、その家政婦が料理を出したり洗い物をしたりしてくれました。叔母の家では、テーブルコーディネート、料理、服の着こなしなど、すべてが完璧になっていました。もう、78歳と89歳になります。

　ある時、私達は叔母達のサマーハウス（別荘）に遊びに行ったのですが、下の叔母がいませんでした。上の叔母が「どこに行ったか分からない」と言っていたので、私達は捜し始めました。しかし実際は、

下の叔母は前日から入院していたのです。その時初めて、私達は下の叔母の具合が悪いことを知りました。

　入院している間、私達は上の叔母を連れて1日おきにお見舞いに行きました。それは想像を越える忍耐力を必要としました。叔母は、病院に行くまでの道のりで10回も「どこに行くの？」とか、「誰に会いに行くの？」とか尋ねてくるのです。それは帰り道でも同じでした。

　日常生活に困らないよう、ホームヘルプを受けられるように手配しました。ヘルパーにゆっくりと話す時間はありませんでしたが、それは家族がすればよいことです。

　叔母達に関するエピソードをいくつか書きたいと思います。人間がこんなに変わってしまうなんて、まったく悲劇的なことです。私達も、叔母があんなふうになるなんて……と悲しみました。そこで、視点を変えて、ユーモアを交えて物事をとらえるようにしました。だからといって、決して叔母達を見下しているわけではありません。

　私達の別荘は叔母達の別荘から近いところにあるのですが、夏休みのある日、叔母達を別荘に招待して夕食を一緒に食べようと考えました。11時頃に立ち寄ると、すでに起きていたので、17時半に迎えに来るからと約束しました。そのあと、上の叔母が夕食の時間を確認するために12時半に電話してきました。17時半ちょうどに（叔母達はいつも時間に正確でした）私は別荘に迎えに行ったのですが、2人ともまだバスローブを着ているのです。私が来たことを喜び、おしゃべりできると2人とも思っていたようです。新鮮な魚料理を私達の別荘で食べることになっていると説明すると、突然、2人の顔がぱっと明るくなりました。

「そうそう、何時に行けばよかったかしら？」

　時計が15時を指したまま止まってしまっていて、実際の時刻を聞い

て初めてお腹がすいてきたようです。少し遅くなってしまいましたが、私達は一緒においしい夕食をいただきました。

　ある時、下の叔母が転んで腰の骨にひびが入ったことがありました。上の叔母と一緒に病院に見舞いに行った時（この時も、どこに行くのか、誰に会うのかと何度も聞かれました）、下の叔母は「どうして笑うとこんなに腰が痛むのかしら」と聞いてきました。何が起こったかについて何度も説明するのですが、1年経った今でも、なぜ自分が足をひきずっていて、痛みがあるのか分からないようです。

　歩く時は体をまっすぐにすることができず、痛みも伴うようで辛そうでした。そこで、クリスマス前のある日、叔母と私は医者のところに行くことにしました。医者の前に座ると、叔母はなぜここに来たのかを忘れてしまっていました。

　レントゲンを撮ってもらうと、固定具がずれていることが分かりました。医者は処置が可能と言っていたので、今、叔母と私はどうするか話し合っているところです。別荘に行くまでには何とかしたいと言っています。というのも、叔母達は別荘に行くことを楽しみしているからです。

・・・　投票所で　・・・

　ある日、選挙に行くことになりました。その日まで選挙のことをよく話していたのですが、叔母達は、「いつもと同じところに票を入れるわ、それだけ」と言っていたので、選挙に連れていくのがそんなに大変とは思っていませんでした。

　ホームヘルパーが、叔母達の帽子、カバン、選挙はがき、コートを

用意して、出掛ける準備を整えてくれました。私が家に行くと、叔母達はわくわくして待っていました。杖やその他の持ち物を持たせて車に乗せ、投票所である市庁舎に向かいました。以前からずっと、そこにある市庁舎を叔母達は認識することができませんでした。車を駐車場に止めて、私はまず1人の叔母を降ろし、じっと待っているように言ってからもう一人を降ろして一緒に投票所に入りました。

　今回の選挙では、国政選挙、県議会選挙、市議会選挙、高齢者住民委員会選挙の四つの投票をしなければなりませんでした(1)。最初の投票台に向かう時、何人かの女性が挨拶をしてきました。私の知らない人で、叔母達にも思い出すことができませんでした。慎重にその人達の名前と関係を尋ね、私は書き留めました。家に帰って調べれば分かると思ったからです。

　やっと、最初の投票台の前に来ました。まず国政選挙です。上の叔母についていって仕切られた投票台のなかに入り、下の叔母には近くにいるように言いました。投票台のなかで誰に投票するかとあれこれ話したのですが、叔母は候補者が分からないと言うので、いつも家族で投票している政党に入れてはどうかと提案しました。

　叔母が書き始めると、仕切りを隔てた隣の投票台でモゾモゾと動く気配を感じました。下の叔母が投票しようとしていたのですが、鉛筆が見つからなかったようです。仕方なく、下の叔母の投票台に入り込んで鉛筆を探してわたしました。その間に、上の叔母が投票台から出ていこうとしていたのです。しかし、杖を忘れているうえにカバンが大きく開いたまま反対方向に歩きかけていました。すぐに私は叔母を制止し、正しい方向に歩かせました。

　2番目の投票台に行くと、上の叔母にじっとしているように穏やかに話し、下の叔母の市議会選挙の投票を手伝うことにしました。カバ

ンのなかにある下の叔母の選挙はがきを探しているうちに、上の叔母がいなくなりました。また捜し出して、今度は近くにいた人に下の叔母から目を離さないようにお願いをして、上の叔母と投票台の仕切りのなかに入りました。また、どこに投票するかの話をしたのですが、私が政党のことを口にすると、今度はすぐに入れる政党を見つけました。頭はしっかりしているのですが、ただ忘れっぽいのです。

　投票台から出てきた時、下の叔母はすでに投票を終えて待っていました。次は県議会選挙です。そこで私は、また近くにいた人に下の叔母のことを頼んで、上の叔母と投票台に行きました。今度はすぐに終わったのですが、下の叔母がいなくなっていたのです。こんなきちんとした女性がどこかに行ってしまうとは思わなかったようで、お願いした人が目を離した隙にいなくなったのです。

　上の叔母を椅子に座らせて、目を離さないように別の人にお願いして、下の叔母を捜しに行きました。すると、すでに高齢者住民委員会選挙の投票台まで行ってしまっていて、知らない女の人達と話をしていました。叔母は私に、こっそりと「話している相手が誰か分からない」と打ち明けました。私は、その人達にこっそりと名前を聞いておきました。

　下の叔母が投票台のなかに入ると、私は上の叔母のところに急いで戻りました。若い男性と話をしていたのですが、彼は敬称の「De（あなた）」を使って叔母に話をしたようで、すっかり気分がよくなっていました。

---

(1) 高齢者住民委員会（ældreråd）はデンマークの各市に設置され、市の高齢者施策に関して助言を行う。委員は、市内に住む60歳以上の高齢者から選挙で選ばれる。
(2) デンマーク語の2人称代名詞「あなた」には敬称の「De」と親称の「du」があり、対等以上の相手に対しては敬称の使用が、それ以外の場合には親称の使用がすすめられている。とはいえ、現在のデンマークでは親称が使用されることが圧倒的に多い。

私は、上の叔母をつれて最後の投票台に向かいました。上の叔母は、高齢者住民委員会の選挙で投票するかどうか迷っていました。新しい制度なのでよく分からないのです。ところが、下の叔母が「自分が知っている名前の人に入れた」とこっそり話したので、上の叔母も投票したいということになって投票台に行きました。

　今度は、さらに大変でした。投票するのは個人であって政党ではありません。候補者に知っている人がいなかったので、私達は消去法で投票することにしました。そのうちの２人は叔母達が支持しない政党に所属していたので、この２人はまず除外しました。女性候補者にも入れたくないというので除外すると３人が残りました。私達はそのなかから、見かけのよい人を選びました！

　投票所を後にして車に乗ろうとすると、雨が降ってきました。２人の叔母に入口付近にあった椅子に座って待っているように言って車を入口の前につけて叔母達を迎えに行こうとした時、上の叔母が立ち上がって自動ドアに近づこうとしているのが見えました。いきなりガラスのドアが閉まろうとしたのですが、幸い近くの人がドアを止めてくれて、大事には至りませんでした。

　２人を車に乗せて、投票所からパン屋に行きました。お茶菓子のケーキを買いたかったので車のなかで待つように言うと、今度は２人ともおとなしく待っていてくれました。それにしても、いろいろとあった１日でした。

鍵屋さんが開けるほどたくさんある鍵

　ホームヘルパーが鍵を盗まれたというので、叔母の家の玄関に新し

い錠(じょう)を取り付けることになりました。40年間も使っていた古い錠だっただけに、叔母達に新しい鍵の使い方を教えるのは本当に大変でした。鍵を差し込むのは外からドアを閉める時だけで、なかから閉める時には鍵を差し込まなくてもよいということを、何度も何度も説明しなければならなかったのです。

　もし、部屋をすべて片付けたら、鍵屋さんが開けるほどたくさんの合い鍵が出てくると思います。合い鍵を作ってもすぐに紛失してしまったからです。そこで、戸棚の鍵、大型置時計の鍵、地下室の鍵、別荘の鍵、家の鍵と、それぞれの名前と片付ける場所を書くことにしました。

　1年前の夏、ホームヘルパーが別荘から電話をかけてきました。叔母達がなかから出てこないと言うのです。すべての鍵が閉まっていて、まったく出てこない叔母達がなかでどうなっているか心配でした。

　叔母達は、ホームヘルパーに別荘の鍵をわたしていなかったのです。私達が鍵を持っていたので急いで別荘に行きましたが、叔母達はいませんでした。家のほうにも電話をしたのですが、誰も出ません。私は家に行ってドアのベルを鳴らし、ドアを叩きました。返事がないので鍵を開けて入ると、台所に2人のカバンがありました。

　下の叔母の部屋に入ると、少し汚れた格好をして横になって休んでいました。水を飲ませてから上の叔母の部屋に入ると、ベッドの上で横になっていました。自分達で別荘にタクシーを呼んで自宅に戻っていたようですが、私達がどれほど大騒ぎをして心配しているかについてはまったく分かっていませんでした。

　食べ物がまったくなかったのでホームヘルパーに電話をかけようとしましたが、電話が見つかりませんでした。電話を別荘に持っていってしまっているのか尋ねると、「いいえ、絶対そんなことしていません。盗まれたにちがいないわ」と言うのです（あとで、別荘で見つか

りました)。私は自分の家に帰って、残り物を持ってきて温めました。夜に食べられるようにサンドイッチも作り、何とかすることができました。

　まったく、何事もなくてよかったです。突然いなくなってしまうと、つい悪い想像をしてしまうのです。

　ホームヘルパーの提案で、互いに日記やメッセージが書けるノートを作っておくことにしたのですが、それで連絡がうまくいくようになりました。

　上の叔母は、頭はしっかりしていますが記憶することができません。まったく耳が聞こえないために補聴器をつけているのですが、いつも手でいじっています。それに、電源を切るのを忘れるので電池が2～3日しかもちません。「いつも新聞は買っているのよ」と言っていますが、同じ新聞を30回も読むので、実際はほとんど新聞を買っていないのです。

　年齢の割に元気で、自分の意見をきっちりと言える叔母の問題点は身なりで、いつもバスローブを着ているのです。時々、私は夜に叔母のところに行って、そのバスローブを洗濯して乾燥させています。翌日の朝に叔母が着られるようにするためです。

　叔母は居間のソファによく横になっているのですが、そうすると、下の叔母が落ち着かないようです。私が行くと、下の叔母が玄関で泣いていることがあります。なぜ上の叔母が起きてこないのか分からないと言って、泣いているのです。不安で混乱して、ここが自分の家かどうかも分からなくなってしまったり、姉を失ってしまうのではないかという不安感に苛まれるようです。そこで、上の叔母の年齢については口にしないようにしています。

　「一人になるのが怖い」と、下の叔母は言います。私には、その気持ちがよく分かります。

••• 嬉しい訪問 •••

　毎週、木曜日に叔母のところに行くと私は約束をしました。このことは、ホームヘルパーにとっても都合がよかったのです。掃除についてとかトイレの故障、叔母の散髪のこと、紛失した物についてなど、何か連絡することをノートに書いておけば木曜日には私が読めるからです。

　叔母達も私も、木曜日を心待ちにしています。14時半頃に行って17時45分に帰るのですが、時間はあっという間に経ってしまいます。壁にかかっている思い出深い絵について話をしたりするのですが、お互いに笑ったりして楽しいひと時です。時々、下の叔母は子どもの頃の話をしますが、上の叔母は覚えていないようです。

　私達はふと、家族の写真に名前を書いておいたらよいのではないかと考えました。家族が集まった時、どれが誰かという話にいつもなるので、整理しておいたらよいのではないかと考えたのです。そこに、ちょっとした思い出も書いておいたらよいでしょう。

　人生は不確実なものであるということに、私は気付かされました。いつまで思い出を後世に伝えていけるだけ頭がしっかりしているかどうか、誰にも分かりません。たとえ薬や生活習慣のおかげで体が健康であっても、脳に残る記憶はどうなるか分からないのです。

　2人の叔母は一つの家系の末端にいたので、叔母達がいなくなると家系の広がりが失われてしまいます。しかし、叔母達はいろいろなものを私達に与えてくれたので豊かな気持ちになりました。

　私達は、叔母達が大好きでした。目に見える物をくれるわけではないのですが、私が行くと心から喜んでくれる叔母達。今でもユーモア

のセンスをもち続けていて、おいしい料理や人付き合いが大好きです。

　叔母達は私達の子どもの話や仕事の話を聞くことが好きでしたが、死については話したがりませんでした。気分が落ち込んでしまうからです。でも、どこでどのように埋葬されたいかということは話していました。

　難しいのは、何かを決めなければならない時に口出しをする人が多すぎることです。うまく聞いて誘導さえすれば、叔母達は答えを得ることができるのです。特に、下の叔母がそうで、時々、信じられないほど頭がはっきりすることがあるのです。みんなが自分達をばかにしていると感じて泣くこともあります。みんなが口出しをすると、叔母達は次のように言います。

「私達は自分で決めることができます。私達はばかではありません」

　もちろん、叔母達はばかではありません。ただ、何を約束したかを忘れてしまうので、すべてノートに書かなければならないだけなのです。私達があげたノートなのに、「みんな、ここに来て好き勝手書いていくなんてだめよ」と言って、叔母達は怒ってしまうことがあるのです。

　叔母達が長生きすることを願っています。自分の家で暮らし続け、夏には別荘に行くという生活が長く続くことを祈っています。行政も、効率的に叔母達を支援し続けてくれることを願っています。私達は、時間を見つけて叔母達を訪ねたいと思っています。

　認知症の高齢者を家族にもつとどのような生活になるか、少しは分かっていただけたでしょうか。

11 私の母のポートレート

アネ・グレーデ・ヤコプスン（Anne Grete Jacobsen）
1951年生まれ。図書館司書。
80歳になる認知症の母をもつ。

「もしもし私よ、アネ・グレーデよ。元気？」
「ええ、元気よ」
「何してるの。テレビを見ているの？」
「いいえ、見たいものがないからベッドに入ってしまったわ」
「あら、ちょっと早いわね。まだ6時よ」
「ええ、だけど暗いし、起きていてもつまらないからベッドに入ってしまったの」
「今日は、ナーシングホームで何をしたの？」
「楽しかったわ。編み物をしたの。本当によくしてもらっているわ」
「寒くなったけど、暖かくしてる？」
「ええ、大丈夫よ。掛け布団のなかで丸くなっているから」
「じゃあ、おやすみなさい。お母さん」
「電話してくれてありがとう。みんなによろしく伝えて」
「さようなら、お母さん」

　電話での、母と私の会話はいつもこんなものです。

母のエルセは、1921年にルズクービング（Rudkøbing）で生まれ、それからずっとそこで暮らしています。父バアウと1943年に結婚し、ごく平凡な人生を歩んできました。1950年代から、父はルズクービング学校の用務員をしていました。一方、母は、長い間、学校の歯科クリニックの助手として働いており、私が歯科検診を受ける時にはいつも母がそばにいたので友達からうらやましがられました。

何年かして、母は学校での掃除の仕事に就きました。用務員である父の仕事をサポートしていた母は、学校のなかでも大切な役割を果たしていました。また、父がルズクービングの市議会議員に選ばれた時も、母が背後から父を支えていました。当時の多くの女性がそうであったように、母は父の陰で支え、そのことについて何の疑問も抱いていませんでした。

母と父は3人の子どもをもうけました。1943年にフレミングが生まれ、1946年にフレーゼ、そして私アネ・グレーデが1951年に生まれました。フレミングがシェラン島のウルストゥゲ（Ølstykke）に住み、フレーゼがユトランド最北端のスケーイン（Skagen）、そして私はユトランド南部のオーベンロー（Aabenraa）に住んでいます。「ボーンホルム（Bornholm）にあと一人いたら全国に家族がいることになるね」と、みんなでよく話しています。

1975年に脳出血で倒れた父は、1980年に亡くなりました。父は、晩年をルズクービングのナーシングホームで過ごしていました。いつも父の陰に隠れていた母ですが、父が倒れてからは自分で新しい人生を切り開かざるを得なくなりました。

母から遠いところに住んでいる私達子どもはどうしようかと話していましたが、幸いなことに、母は何の問題もなく日々の生活を送っていました。社交的な性格の母は、体操に通ったり、泳ぎに行ったり、

編み物クラブに入ったりと、ルズクービングでの様々な集まりに積極的に参加していました。地域の誰もが母のことを知っているというほどで、子どもの近くに移り住むためにルズクービングを出ていくということはまったく考えていなかったと思います。健康である限り、それで問題はないと私達も話していました。

母は私達のところに頻繁に来ては、あっという間に洗濯物の山を畳み、衣服の繕いものをし、食器棚を整理し、家をきれいに片付けてくれました。私達とトランプをしたりしてみんなで楽しく過ごしましたが、向かいの家の人が「あなたのところにお母さんが来たかどうかはすぐに分かる」といつも言っていました。母が来てまずすることは、窓のところに飾ってある鉢植えの花をきれいにすることでした。

「アネ・グレーデ、土がすっかり乾いてしまっているわよ。枯らせてしまうわよ」と、よく言っていました。

しかし、3年ほど前に小さな変化が起こり始めました。子ども達に電話をかけてこなくなり、私達が電話をしなければ話すこともできなくなりました。そのことをあまり気にしてはいなかったのですが、ある日、母が自転車で転んで腕にかなりひどい傷を負い、家で静養しなければならなくなったという連絡があり、そこから事態が悪化し始めました。私達が訪ねていっても、電話をかけても、母は泣きじゃくるばかりなのです。一人で生活できなくなったことや、物忘れがひどくなったことを悲しんでいました。医者は、うつ症状であるという診断を下しました。

その後、急激に事態は悪化していきました。自分でできることがますます少なくなり、母の記憶力がどんどん衰えていったのです。認知症ではないかという思いが私達の心にわきあがってきましたが、ある意味、ほっとした面もありました。たくさんの人がかかる認知症とい

う病気の兆候だったと考えれば、うまく説明できる出来事がこれまでにたくさんあったからです。

　しかし、単なる物忘れや老化ではすませられないようなことが増えてきました。ある時、オーベンロー在住の私達4人が金曜日の夕食時から週末にかけて母のところに滞在することになりました。約束した通り金曜日の夕方にルズクービングに着くと、母はライ麦パンのオープンサンドイッチを食べようとしていたところでした。そして、私達が事前に来ることを知らせていなかったと責めるのです。そして、「来ることが分かっていたら夕食を作っていたのに」と文句を言うのです。同じようなことが何度かあり、母に対する不安感は募る一方でした。

　さらに検査をいくつか受け、医者から進行性の認知症であると聞かされました。これからどうなっていくのでしょうか？

　母の様子をあまり見に行くことができないという罪悪感が強くなっていきました。オーベンローのナーシングホームに入ってもらえば私達も簡単に訪問できるので、そのほうがよいのではないだろうかとも考えました。

　母は古いマンションに住んでいて、ホームヘルパーが朝と夜に来てくれました。昼間はナーシングホームに滞在していたのですが、そこは父が住んでいたところで、父が亡くなってからもコンタクトを取り続けていたのです。ホームヘルパーは、「近いうちにナーシングホームに移したほうがよい」と言っていて、私達もそれに同意していました。

　認知症は家族の病気でもあると言われますが、本当にその通りだと思います。長年にわたって知っている母とまったく違う人になってしまったのです。いろいろなことにうるさく、何事に対してもしっかり

とした自分の意見をもっていた母がまったく変わってしまったのです。
「あなたのお母さんは、いつも元気な女性で活動的だったわよね。そんなこと信じられない。なんて悲しいことでしょう」と、言われることがよくありました。まったくその通りなのです。

「自分の母親の母親になる」ということは大変辛いことです。珍しく私達を訪ねてくれた時でも、これとこれをしてねと説明したり、衣服を出してあげたり、体のケアについて常に気にかけていなければならないのです。

幸い、病気が進行してしまった母は、自分の状態についてはよく分かっていないようです。何もできなくなってしまったと母が泣いて悲しんでいた頃が、最悪の時期だったと思います。

現在、母は殻に閉じこもってしまって、会話を交わすことも難しくなってきました。天気についての話はすることができますし、私達の子どもがどうしているかなどを母に話すことはできます。しかし、子ども達がそばにいない時には、誰のことなのかが分かっていないのかもしれません。

母の両親や夫や孫の写真を一緒に見ている時の母は以前よりもずっと幸せそうで、母との距離が近くなったように感じます。そんな時、私達は会話をすることができます。また、母が台所で食事の準備を手伝ってくれることも楽しいひと時です。

クリスマスイブの前夜、私達の長男と母が一緒にクリスマスの食事の準備をしてくれました。長男が料理をし、母が使った調理器具をすぐに洗って片付けるのです（その後、台所用品のいくつかの所在が分からなくなって困ったのですが、それはここではよしとします）。

その夜、いつもなら6時頃にベッドに入ってしまう母が夜の11時まで働いてくれました。認知症を患った高齢者にどのように対応すれば

よいのか、ここに大きなヒントが隠されていると思います。認知症の人を座らせたままにして何事も周囲がしてしまうのではなく、できることはしてもらうほうがよいということです。

　ある日、私はオーデンセ大学病院での検査があるということで母を訪ねました。母はあまり言葉を発しませんでしたが、その視線から、母が時々遠いところに行ってしまっているように感じました。年を重ねるにつれて穏やかになってきた母の顔やうつろな視線を見ると、母がいったい何を思っているのだろうと考えずにはいられません。夫と子どもがそばにいた、活動的な時を思い出しているのでしょうか。それとも、子ども時代のことを思い浮かべているのでしょうか。母の心は、いったいどこにあるのでしょうか？

　私達にとって、母が楽しそうで、不平を言わないことは嬉しいことです。ちょっとエゴイスティックかもしれませんが、私達の気持ちとしては楽なのです。

　母にとっては毎日が同じことの繰り返しで、夏だろうが冬だろうが、水曜日だろうが日曜日だろうが、すべて一緒なのです。それでも、私達が来ることを心待ちにしています。最終的に私達の顔が分からなくなってしまうのがいつなのか、誰にも分かりません。

　人間が年をとり、様々な困難に悩まされるのは当然のことです。母の病気は、私にいろいろなことを考えさせてくれました。母がどのような人生を送っているのか、私も年をとったら同じような状態になるのだろうか……考えると怖くなります。

　現在、母はナーシングホームに入っています。小さな家庭的なユニットのなかで、温かく思いやりに満ちた職員に支えられて生活しています。私達が訪ねていくと、顔が分かるのか母は嬉しそうで満足しているようです。これ以上のことは望めないと思います。

12

既婚なのに夫がいない

ヨハネ・ピーダスン（Johanne Petersen）
1941年生まれ。元教会用務員。
62歳になる認知症の夫をもつ。

　私は、1964年に現在の夫であるイーゴンと結婚しましたが、1989年から夫はいなくなりました！　なぜなら、その年の10月に夫は脳梗塞で倒れ、それ以降、人が変わってしまってかつてのイーゴンではなくなってしまったからです。人格にかかわる脳の部分がやられると、人は変わってしまうのです。

　順をおってお話しましょう。

　1964年に、夫はエンジニアを目指してホーセンス（Horsens）にある学校に通い始めました。私は裁判所の判事室の職員という恵まれた職に就いていました。小さなマンションの最上階で私達は幸せに暮らしていましたが、イーゴンは最後から二つ目の試験で不合格となり、すっかり落ち込んでしまいました。その慰めをお酒に求めた夫はアルコール依存症となってしまい、結局、エンジニアの資格を得ることはできませんでした。それでも、1989年に認知症が私達を襲うまで、技術分野の仕事を23年間してきました。

　「私達を襲う」と言ったのは、認知症は家族をも苦しみに陥れるものだからです。病気の程度にもよりますが、認知症によって辛い思いを

するのは、本人よりもむしろ家族のほうではないかと思います。

　今、認知症とは縁のなかった1964年から1989年までの時期について書きましたが、それはその後、夫を襲った認知症によって私達がどのような経験をしたかが、それ以前の私達の人生と大きく関係していると思ったからです。物の見方は、その人がどのようなメガネをかけているかによって影響されます。私のメガネには、苦々しい思いが隠されていることでしょう。

　1989年から1997年にかけて、私達は何とか一緒に生活してきました。イーゴンは、週に1回、医者に通って血圧のチェックをしてもらっていました。イーゴンの血圧は少し不安定でしたが、何とかコントロールされていました。それでも最近、イーゴンは大きな脳梗塞を4回経験しましたし、これまでに小さな脳梗塞は数え切れないほどありました。なぜ、これほど脳梗塞が起こるのでしょうか。もともとの体質もあると思いますが、イーゴンの不健康な生活習慣も関係していると思います。

　1997年、イーゴンの様子がおかしくなり、躁状態になったため医者へ行き、精神病院に入院することになりました。

・・・　支援が必要になる　・・・

　3日後、落ち着いて退院できる状態になりましたが、医者は私に休息が必要であると考えてくれたようで、別の人が入院してくるまではそのまま入院していてもよいことになりました。その間、私は医者や看護師とゆっくり話をすることができ、日常生活において私達に助けが必要であるということを分かってもらえました。

そこで、病院からホームヘルプの申請をしてもらい、ホームヘルパーが朝の身支度を手伝ってくれることになりました。それまで、朝の身支度は本当に大変でした。イーゴンは、私が言っても自分で洗面すらしようとしなかったからです。ホームヘルプを受けられることは、私達にとって大きな助けとなりました。洗面するかしないかといったささいなことで朝から言い争いをせずにすむのです。
　さらに病院は、イーゴンがデイホームに通えるようにも申請してくれました。そのおかげで私は、仕事に行っている間、イーゴンが何か変なことをしないかと心配せずにすむようになりました。
　例えば、イーゴンが庭に敷きつめているタイルをすべてはがしてしまったということがありました。「並べ方がおかしい」と言うのです。だからといって、そのあとにタイルをきれいに並べることはできないのです。また、テーブルを運ばなければならないと言って、分解してしまったこともありました。でも、テーブルを運ぶわけでもなく、元通りに組み立てることもできませんでした。
　最初、イーゴンは週2回だけデイホームに通っていましたが、脳梗塞が頻繁に起こるようになってきたので毎日通うようになりました。慣れてくると、デイホームが大好きになったようです。最初は「そんなところに行くぐらいなら自殺する」などと言って私を脅していましたが、そんな事態には至りませんでした。
　2000年2月、私達の関係を変える事件が起こりました。ある夜のこと、イーゴンがセックスをしようと私の身体に触れてきたのですが、私にその気がなかったため彼は怒り狂ったのです。このことは、誰にも相談することができませんでした。話がセックスに及ぶと、みんな口を閉ざしてしまうからです。
　性の問題は、若くして認知症になった人にとっては大きな問題だと

思います。私達がいまだに男と女であることに変わりはありませんが、私には、認知症になった夫とベッドをともにしようとは考えられないのです。もはや夫は、私が恋に落ちて25年間愛し続けた人ではなくなってしまったのです。

　ある雑誌で、女性が認知症の夫との性関係について書いている記事を読んだことがあります。そこには、「自分が文字の読み書きまで教えなければならない人と、男女の関係を結ぶなんてことが想像できますか?」と書かれていました。性の問題をうまく言い表していると思いました。

　その夜、私の心が背負っていた「リュックサック」はあふれてしまいました。どういうことかと言うと、10年の間私は、これはどうしようもないことなのだ、彼にはどうすることもできないのだ、と自分に何度も何度も言い聞かせてきました。イーゴンを心のなかで許して、そのことを自分の「リュックサック」に入れてきたのです。でも、それももういっぱいになって、あふれ出てしまったのです。

　もう限界でした。私はその頃、ずっと不機嫌でイーゴンにあたり散らし、彼に優しくすることができなくなっていました。今後も一緒に住み続けるとなると私は精神的に疲弊してしまうでしょうし、そのことは、イーゴンにとっても自分にとってもよくないことです。そこで、イーゴンをナーシングホームに入れることにしました。家にいるより、イーゴンにとってもよいと思ったからです。このようなやり方は、「破産宣告」のようなものだと言う人がいるかもしれませんが、私自身は2人にとってよい選択をしたと思っています。

　のちに、私の選択が正しかったということが分かりました。イーゴンがナーシングホームに入って2年が経過した今、イーゴンはそれまでにないほど調子がよくなりました。何が違ってそうなったのだろう

か私は長い間考えて、次のような結論に至りました。

　ナーシングホームでは、イーゴンができないことをするように求められないため、家にいる時のように、期待にこたえられなくて落胆するということがないのです。長い間一緒に住んでいるとお互いに要求することが多くなり、私はイーゴンに、無理と分かっていることまでできるはずだと期待してしまっていたのです。それによってイーゴンは自分の無力さを感じ、辛くなっていたのです。

　ナーシングホームの静かで平穏な環境も、イーゴンの状態に影響を与えていると思います。毎日が穏やかで静かにすぎていくのですが、これは認知症の人にとっては大切なことです。一定の生活リズムで食事時間が決まっていて、普通の家にあるような騒音がないということです。

　私は、できるだけ普通の生活をしようと心がけてきました。つまり、夫が認知症であっても、私は地域の様々な活動には参加しています。テレビさえつけておけば、イーゴンは家で留守番をしていてくれます。

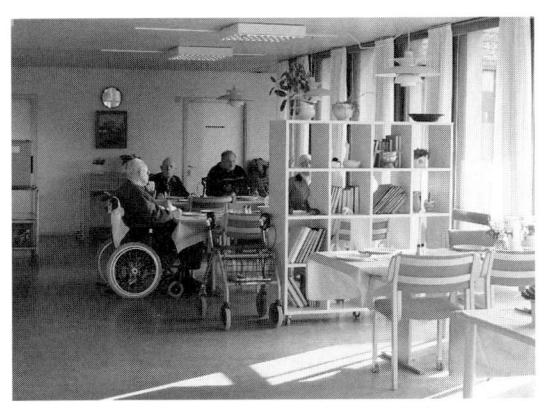

自分の生活リズムで穏やかに過ごす高齢者達。ホルステブロにある施設にて

しかし、私が出掛けている間に「とんでもないこと」をしていることもあります。それも仕方がないと思っています。

受け止め方は自分で選ぶことができます。ピート・ハイン[(1)]が言うように、人生は、どのように感じられるかではなく、それをどうとらえるかで変わってくるものなのです。

・・・ 病気の経過 ・・・

最初の数年は大変でした。なぜなら、イーゴン自身が何かおかしいと感じていたからです。彼は何度も言いました。
「ねえ、僕はどうしてこれができないんだろう？　今までできていたのに」

また、私の生活がそれまでとまったく違ったものになってしまい、慣れるまで大変でした。

イーゴンは1989年の大晦日、血栓ができるまで仕事を続けていました。その後、仕事ができなくなり、早期年金[(2)]の受給を申請しました。

年金の申請は大変な試練となります。中級早期年金の支給決定の通知が市から届くまでに11か月かかりました。イーゴンは職場の年金積み立てをしていたため、仕事を辞めてから2か月後に年金の前払いを受けることができたので、その期間は乗り切ることができました。

しかし、もしイーゴンが中級早期年金の受給を認められなかったとしたら、私達はどうなっていたでしょうか。きっと、家を売却することになっていたでしょう。持ち家の場合、住宅手当がもらえないからです。さらに、私のように妻がフルタイムの仕事をしていたら、夫の年金が減額されるのです。しかし、幸いなことに経済的には困りませ

人間的な交流が認知症の人と家族の心を癒す。オーフースにある施設にて

んでした。

　よい人生とは、物質的に恵まれているだけでは成り立ちません。人間的な部分が大きな意味をもっていて、それが私にとっては大変でした。友人と思っていた人達との付き合いが減ってきたのです。一生つきまとう病気だったので、遊びに来てくれる人も減っていきました。みんな、1回か2回訪ねさえすれば、それで自分の義務は果たしたと思うのでしょう。正直言って、そんなふうに感じていました。

　当初、私はそんな人々に対して怒りを感じていましたが、次第に彼らに同情するようになりました。なぜなら、現実を直視できないことが可哀そうな感じがしたからです。人生には、時々辛いことが起こるものです。不快なものから目をそらすこと、まさにそこに問題がある

---

(1)（Piet Hein, 1905〜1996）著名なデンマークの作家・詩人・数学者。
(2)　18〜64歳で、労働能力が恒久的に低下していて就労できない人に支給される年金。原著執筆当時には、受給者の状態に応じて年金額が最上級早期年金、中級早期年金、増額標準早期年金、標準早期年金に区別されていたが、その後このような区別は廃止された。

のだと思います。

　見ることができなければ、そんなものはないと考えてしまうことになります。また、不安感も関係していると思います。認知症の彼と話ができるのだろうかとか、何と声をかけたらよいのだろうなどと不安になるのでしょう。しかし、彼と話をするのではなく、彼に話をすればよいのです。今どのようなことをしているのかなどを彼に語りかければよいのです。

　また、これも問題だと思うのですが、人は価値のないことには時間を割きたくないと思ってしまうものです。私達のことを誰かが覚えていてくれたということが感じられるだけで、私はとても嬉しくなります。

・・・　喜びと落胆　・・・

　夫が以前とはまったく違ってしまった無力な姿を見ることは、妻にとって非常に辛いことです。喜んだり落胆したり、常に二つの感情の間を行ったり来たりしていました。何かがうまくいくと喜び、その直後にうまくいかなくてがっかりする。夫にはもうできないことがあるのだということを理解し、それを受け入れるまでに何年もかかりました。

　それまで、何度も何度も試したのです。食器を拭いてコップを片付ること、冷蔵庫から牛乳を取ってくること、そんなこと簡単なことじゃないの、彼にだってできるはずよ、と思ってしまうのです。しかし、コップの場所が分からなければ、そして牛乳とは何かが分からなければ決して簡単なことではないのです。それに、言ったことをその通り

受け取ってもらえるとも限りません。私が牛乳と言っても、夫にはジャケットと聞こえるかもしれないのです。

　イーゴンは話すことも歩くこともできますから、ちょっと見ただけでは病気だと思いません。だから、彼が病気だと他人に理解してもらうことが難しいのです。

「あら、イーゴンは調子よさそうね、元気そうじゃないの」
「イーゴンは、いつも楽しそうに口笛を吹いているわね」

　このように言われたことが何度もあります。人は私を喜ばせるため、あるいは慰めるために言ってくれているのだと思いますが、イーゴンにきちんと服を着てもらうことがどれほど大変なことかを分かってほしいのです。「彼の好きなようにさせればいいじゃない」なんて口出ししてほしくないのです。

　認知症であると、シャツのボタンをまちがえずに止めて、セーターの前後ろを正しく着るということだけでも大変なのです。夫に身なりをきちんと整えてもらうために、私はあらゆることをしなければなりません。病気であるからこそ、身なりを整えなければならないと思っています。古い考え方なのかもしれませんが、服装をきちんとしていることが人間の幸福感に大きな影響を与えると思っています。それに、イーゴンは病気になる前はいつも身なりをきれいに整えていました。

　もう一つ、私が傷ついてしまうのは他人の干渉です。例えば、誰かと楽しく話をしている時、イーゴンは調子がよければ会話に参加しようとします。そして、突然言葉が出てこなくなると「助けて！」とばかりに私を見ます。そうすると、誰かが「彼に自分で言わせなさいよ」などと言うのです。彼は、それができないから困っているのです。悪気があるわけではないということは分かっていますが、認知症について分かっていないからそういうことを言うのでしょう。大いなる無

知から来るものです。

　認知症の人といると、恥ずかしくなることもよくあるでしょう。最初、私にもよくありました。脳が100％機能していない認知症の人がいる家族では、穴があったら入りたくなるようなことがよくあるのです。認知症になると、状況判断や抑制ができなくなります。例えば、人と話している時に何か言いたくなれば即座に言いますし、突然足を伸ばしたくなれば即座に伸ばします。認知症の人は自分のことだけで精いっぱいで、他人に気を遣ったり、状況を見極めたりすることができないのです。

・・・　現実認識の喪失　・・・

　認知症の人はしばしば家族に攻撃の矛先を向けるので、それにどう対処すべきかというのが難しい問題となります。イーゴンも、よく私にきついことを言います。例えば、彼は私が太っていると思っているので、私に何も食べる必要がないと言ってきます。イーゴンの頭のなかには、私が若くてほっそりしていた頃の姿が残っているのです。そんな若い頃と同じ姿であるわけがありません。私達は61歳で、イーゴンだって当時からすっかり変わってしまっているのです。

　また、イーゴンは現実認識があまりできなくなってきたようです。私が年をとって、若い頃と同じことができないということが理解できないようです。家も庭もきれいにしておかなければならないと考えているようですが、今は、私しか家事ができないのですから無理なのです。家事も雑用もすべて私一人でこなさなければなりませんし、辛い気持ちも一人で我慢しなければならないのです。

同じような経験がない人には、私の置かれている状況を理解することはできないでしょう。私にはそれが理解できますし、受け入れることもできます。しかし、先に書いたように、抱えている問題について誰かと話をしたいという思いもあります。そこで私は、自助グループに参加することにしました。とても助かっています。そこでは、同じような問題を抱える仲間がいて、互いに理解しあうことができるのです。
　認知症の人といると、時々自分でも許せないような感情をもったりすることがありますが、それらも語り合って、自分は普通なのだと感じることができます。例えば、私はイーゴンなんて死んでしまえばいいのになどと考えてしまい、そう考えた自分を責めて辛い思いをすることがあります。また、イーゴンにあたり散らして良心の呵責に苦しむこともあります。つい、弱い人に八つ当たりをしてしまうのです。
　自助グループでは、ある意味で肩の荷を下ろすことができ、毎日を乗りきるための助言やサポートを得ることができます。いつも認知症のことばかり考えてしまっているのですが、グループのなかで肩の荷を下ろすことによって、認知症以外のことを話す余裕も出てきました。周囲の人は、認知症や抱える問題についてばかり話されるとうんざりすることでしょう。だからこそ、そのような認知症の人がいる家族は、このような自助グループに参加することをおすすめします。
　病気の経過において経験したことは悪いことばかりではありません。経験によって得たものもあります。まったく持ち合わせていなかった価値観に気づいたり、それまでわずらわされていたことが、実はたいしたことではないということに気づいたりすることもありました。
　私はイーゴンのいる居心地のよいナーシングホームを訪ねて、一緒にいる時には楽しく過ごしています。一緒に住んではいませんが、2

人とも幸せな生活を送っています。そう、人生は素晴らしいのです！
　もちろん、生きていくうえでいろいろな問題もありますが……。

　　　人生は、薔薇のうえでのダンスだったのか。
　　　すべて、今より過去のほうがよかったのだろうか。
　　　きっと、闘い、乗り越えるものがあったのだ。
　　　それがなければ、私達の存在に何の意味があろうか。

秋の夕暮れに自分の人生を振り返る

13

忍びくる病気

クアト・ラスティ（Kurt Lusty）
1935年生まれ。年金受給者。
65歳になる認知症の妻をもつ。

　認知症になると何が起こるのでしょうか？　認知症はひっそりと忍びくる病気で、最初はほとんど気づかないものです。しかし、40年間連れ添った私の妻（当時は無職でした）は少しずつ変わっていきました。まず、忘れっぽいことが気になったのですが、60歳ともなると物忘れもひどくなると思っていました。そのうち、妻は繊細かつ攻撃的になってきて、私もイライラが募りました。

　ある時、子ども達が私達の様子が変だと気づいて、「お母さんはいったいどうしたの」と聞いてきました。子ども達の知っている母親と違うし、父親がその母親に不機嫌な態度で接していたからです。子どもにそのように思われたことは耐えがたいほど辛いことでした。最後には、子ども達のすすめる通りかかりつけの医者に診てもらったのですが、いったい医者に何ができるというのでしょうか。

　医者は、妻の情緒不安定は「きっと年齢のせいだろう」と言いました。精神安定剤を処方されましたが、服用すると状態はさらに悪化し、だるさも増したようでした。何度か診察を受け、処方も変更されましたが、その後とうとう、医者は恐れていた「認知症」という言葉を出

してその可能性を示唆し、詳しく調べることをすすめました。

　まず、精神科医の診察を受け、薬を処方されました。薬を服用すると妻の調子が悪化したので、薬を飲むことに妻は抵抗しました。担当の精神科医は、こんな大変な患者には対応できないと途中で投げ出してしまいました。

　かかりつけの医者のところに戻ると、今度は神経科医を紹介されました。数多くの検査とスキャンを経て、若年性認知症かもしれないと言われました。そこで、効果があるかどうかは不確かであるとしながらも、２種類の薬（非常に高価な薬でした）を飲むように言われました。

　しかし、その２種類の薬で状態が悪化することがすぐに分かり、妻は服用を拒否するようになりました。次はどうすればよいのでしょうか？　これで終わりというわけではないでしょう。何かができるはずです。

　数年間、あちこち走り回って神経科医を紹介されているうちに、私達は強くなりました。妻の様子を長い時間かけて観察し、私とも話したあと医者は診断を下しました。妻は認知症で、短期記憶障害があるという診断でした[1]。

・・・　病気の名称　・・・

　やっと診断が下されてほっとしました。受け入れるには難しい病気ですが、診断が下されたことで、どう対処すればよいか、毎日何と闘えばよいのかが分かりました。辛い状況ではありましたが、私にとっては、７年前に解雇されて無職だったことが幸運となりました。大変でも、今はよかったと思っています。毎日仕事に行かなければならな

かったとしたら、どうなっていたでしょうか？

　やっと病名が明らかになったのです。幸い、それ以外の面で私達は健康でした。しかし、これほど若くして認知症に襲われた配偶者をもつと、毎日様々な問題が山積みとなっていきました。目に見えない障害は、見える障害よりも扱いづらいのです。

　よかったと思うのは、私達が家族や友人、周囲の人に妻が認知症であることを明かしたことです。それによって、辛く屈辱的な状況に陥ることが少なくなりましたし、対処しやすくなりました。

　身内は、時にはやっかいな存在になります。というのも、身内の者は状況を私達より「もっとよく」理解していると考えていて、「よいアドバイス」ができると思っているだけでなく健康な配偶者を責めようとすることが多いからです。これに対しては、ひたすら耐えて、自分の姿勢をしっかりと定め、ぶれないようにすることが大切だと思います。特に、子どもとの関係で大変な思いをしましたが、最後には状況に慣れて理解しあえるようになりました。妻と私は、1年365日毎日24時間一緒ですが、子ども達は所詮、時々数時間を一緒に過ごすだけなのです。

　自分の姿勢をしっかり保ったことで悪いこともありました。子どもの1人が、認知症を理由として私達から離れていきました。そのため、2人の孫の成長を身近に見守ることができませんでした。もう1人の子どもはしょっちゅう私達を罵倒し、責め続けていたので、最後には「いい加減にしなさい」と言わざるを得ませんでした。幸い、それによって子どもが私達の立場から物事が見られるようになったので、最終的にはよかったと思います。

---

(1) 短期記憶とは短期間保持される記憶のこと。短期間記憶障害は認知症では一般的な症状であるが、この症状があると新しい事柄を覚えることができない。

一番上の子どもとその家族は、私達をずっと支えてくれました。彼らの２人の子どももおばあちゃんの状態を受け入れてくれ、前向きにとらえて接してくれています。

　家族や友人以外の周囲の反応は大体よかったです。妻は時々おかしな行動をとるのですが、それを恥じたりせずにオープンにしているので、私達のことを強い人間だと好意的に受け入れてくれる人がたくさんいます。それに、どうして恥じなければならないのでしょう？　自分達のせいではないのです。

オープンにすることの大切さ

　キャンプを趣味にしている私達は、キャンプ場に行くと近くにいる人に私達のことを説明して、トイレが見えるところに場所をとります。そうすれば、妻が自分でトイレに行くことができるからです。それに、妻がまちがったところに行こうとするとみんなが助けてくれます。過度に手伝うわけではなく、そっと導いてくれるのです。

　キャンプ場に来ている人達は、妻が認知症だからといって特別扱いするわけでもなく、普通に受け入れてくれます。自分達もいつかはこうなるかもしれないという思いがあるのかもしれません。

　キャンプの時だけでなく、日常においてもずっと病気について私達はオープンにしています。認知症の人をもつ家族に対して助言するとすれば、病気をオープンにしたほうがよいし、恥じる必要はないということです。

　私が2001年の夏に西ユトランドのホルステブロー（Holstebro）で経験したことについてお話ししましょう。

キャンプをしている時、近くにいた夫婦が、息子さんが重傷を負ったという話をしていたので、私は最善を尽くして、彼らを抱きしめたり言葉をかけたりして慰めようとしました。その後、息子さんのケガもよくなった時、その父親が私に言いました。
「なぜ、私達のような他人にあれほど優しくしてくれるだけの余裕があなたにはあるのですか？　奥様のことで大変だというのに、あなたは私達が辛い時に誰よりもよくしてくれました」
　嬉しい言葉をかけてもらって、私は次のように言いました。
「オープンにしようと心掛けているからでしょう。あるいは、恥じない心があるからかもしれません」
　この西ユトランドの、4週間半にわたるキャンプは最高の旅行でした。私達のようなコペンハーゲン出身者を温かく受け入れてくれる西ユトランドの素敵な人々に囲まれて、楽しい出来事がたくさんありました。
　私達が嬉しく思っていることがもう一つあります。それは、妻が大切な趣味としていることで、飼い犬と一緒にドッグトレーニングに通っていることです。トレーナーにはあらかじめ妻の病気のことを話しているので、配慮もしてくれています。現在はアジリティ（犬の障害物競争）にも通っているのですが、妻が自信をつけるためにもよいことだと思って期待しています。
　さらに、同じような状況に置かれている認知症の人や、その家族を集めたグループにも入ることができました。これは、市の認知症コーディネーターが主催している新しいプロジェクトで、若年性認知症の人とその家族のための活動を提供し、私達が陥りがちな孤独から抜け出せるようにサポートするというものです。私達はグループで一緒に旅行に行き、楽しい時間を過ごしました。今後も、仲間と一緒に活動できることを楽しみにしています。

認知症の人がいる家族として私が腹立たしいのは、外部の人が私達家族のことを、本人のことを考えずに何でも自分で決めてしまう独裁者と見なしていることです。また、妻のことを何も言えない存在だと考えている、と見られていることもあります。決して、そんなことはありません。大きなことでも小さなことでも、誰かが物事を決めなければならないのです。

　私はオープンさと恥じない心が大切だと書きましたが、それですべての問題が解決できるというわけではありません。しかし、この心をもっていると、10ある辛いことのうち二つぐらいは除けるかもしれません。それには大きな意味があります。

　私達は医療・福祉のシステムを利用してきたのですが、様々なことがありました。現在は、かかりつけの医者と相談して薬の服用をやめました。先にも書いたように、妻はこの薬を飲むと調子が悪くなるからです。もともと認知症で精神的に辛いのに、さらに調子が悪くなる薬なんていりません。薬で病気の進行を抑えられるといっても、それはほんの短期間のことでしかありません。辛い状態で生かされるよりも、短い人生でも、気分よく生きているほうがよっぽどいいのです。

　現在も病気は進行していますが、その速度はゆっくりです。妻は、今でも町に行ったり買い物をしたりすることができます。とはいえ、だんだん難しくなってきているのも事実で、私が無理やり家から出すような状態のこともあります。

　妻は、昔からよく通っている近くの森まで犬の散歩に行くこともあります。昔のことで、覚えていることはたくさんあるのです。ただ、読書ができなくなってしまったことでイライラが募るようになりました。読んだ内容を次から次へと忘れていくので、本が読めないのです。料理のレシピも同じように読めないのですが、助けあって一緒に料理

コペンハーゲンの運河沿いの街並み

コペンハーゲン郊外の公園

をしています。

　しかし、私が手伝えないこともあります。例えば、妻はマザー・テレサに関係するボランティア活動でアフリカの子ども達にセーターを編んでいたのですが、さすがにそれだけは手助けができません。

・・・ 恥じる気持ち ・・・

　自分の置かれた状況を恥じることはないと書きましたが、それでも認知症の人がいる家族の人は恥じてしまうことがあります。自分が十分やっていないことを恥じたり、認知症の妻に対して十分な忍耐力をもって対応していないことを恥じるといった、自らを責める気持ちです。また、現状に対して苛立ったり、どうして自分がこんなことで苦しまなければならないのかと、世の不条理に対して悔しく思ったりすることもあります。私自身は、一人きりの時や、一人で犬を散歩させている時に多くの涙を流しました。

・・・ おわりに ・・・

　最後に付け加えたいのですが、2001年10月11日にアジリティの修了式に行ってきました。妻とうちの犬は6組中で3位になるという、とてもよい成績を修めました。難しい障害走のタイムを20秒も縮めることができたのです。たった20秒と思われるかもしれませんが、このスポーツにおいてはすごいことなのです。この修了式で、妻の自信が大いに高まったと思います。

14 振り返ってみて

インガ・イェンスン（Inga Jensen）
1937年生まれ。教員養成大学教員。
73歳になるアルツハイマー病の夫をもつ。

　5年ほど前に、夫のヴェアナの様子がおかしいことに気づきました。いつもの彼とは違うのはなぜなのだろう？　例えば、今まで聞いたこともないようなことを私に尋ねてきたり、よく分からない言葉で話をしたりして私を驚かせました。ヴェアナが口にするのは自分の意見ではないのです。そもそも、どういう意見を自分がもっているのかもよく分からないようでした。

　病気になるまで、夫は活動的な人でした。彼は何でもよく知っていて、何でもしてくれる人でした。そう、きっと私は甘やかされていたのだと思います。しかし、夫が認知症になってからは、甘やかしてくれなくなった夫を責めるようになりました。最初の頃、私は次のようなことをよく言っていました。

「ねえ、いつもすることをどうしてまだしていないの？　するって言っていたのに」

　その後、言い争いが増えていきました。それまでそんなことなかったのに、ささいなことでしょっちゅう口げんかをするようになったのです。

1997年の夏になって、これはおかしいと思うことがありました。別荘のテラスに手すりを取り付けると言っていたのに、その気配がないのです。夫は家に引きこもって、近所の人と会うことも避けるようになりました。以前は一緒にいろいろなことを計画して楽しんだのに、何もしようとしないのです。

・・・ 診断 ・・・

　その夏は、これまでとは違った夏になりました。先のことを計画する代わりに、ヴェアナは別荘を建てた頃の思い出を語っていました。とてもおかしな感じでした。まるで、夫が自らの人生のある1章にお別れをしているかのようでした。

　今後、人生が変わっていくことに私は気づきました。テラスの手すりが取り付けられないということだけでなく、何か未知の方向に向かっているかのように感じましたが、それがどこに向かっているのかはよく分かりませんでした。

　当時、68歳だった夫は、老化によって自分の行動が変わってきたのだと主張していましたが、私はそれに納得せず、夏が終わるとかかりつけの医者に相談しました。医者は次のように言いました。

「あなたのお話から判断すると、あなたのご主人は認知症である可能性が高いです」

　またすぐに、医者を受診しました。夫自身が物忘れのひどさと気分が沈むことに閉口していたので、娘が何とか手を打たなければいけないと夫に言っていたからです。医者が病院を紹介してくれて、そこでアルツハイマー病という診断を受けました。多分、そうではないかと

思っていたから私は驚きませんでした。衝撃的な診断結果ではありましたが、診断が下されたあとは状況がはっきりしてほっとしました。しかし、そこから先にはたくさんの問題が待ち受けていました。

　ヴェアナは、自分が認知症であると理解するまでに半年近くかかりました。未来の見通しは暗く、先のことを考えるのは辛いものでした。即座に理解できるようなことではなく、診断を受け入れられるようになるまでには時間がかかったのです。今でも時々、夫が次のように言って私を責めます。

「インガ、君が医者に行かなければ認知症なんて分からなかったんだ。そうしたら、僕は病気でなかったのに」

　こんな考え方を理解することはできませんが、夫がもう普通に思考できなくなっていることがよく分かります。

「一番問題なのは短期記憶だ」と、夫はよく言っています。自分の人格が変わってしまっていることには気づかないようで、それはそれでよかったと思います。

　診断を受けてからしばらくの間が最も辛い時期でした。医者がまちがった診断を下したのではないだろうかと、何度も何度も考えました。変わってしまったとはいえ、根本的にはいつもの夫と変わらないのですから。

　私は悲しい気持ちを抑えることができませんでした。仕事のない日は、ほとんど泣いて過ごしました。長年にわたって愛した「私のヴェアナ」を、少しずつ失っていくことが耐えられなかったのです。彼といつまで話ができるだろうか（もうすでに、言葉が出てこないことがよくあったのです）？　私の顔を見ても、誰だか分からなくなる日が来るのだろうか？　夫のアイデンティティや身体機能、尊厳が失われてしまうのはいつなのだろうか？

これまで、ヴェアナは私の支えとなっていました。私が悲しんでいると、「2人で乗り越えよう」と言ってくれたものです。それなのに、今は一人になってしまいました。病気のせいで、夫が私に配慮したり、周りの雰囲気を読んだりすることができなくなってしまいました。私は、山の急斜面に向かって立っているような気分でした。山の頂上に登ってもまた山があって、そしてまた頂上まで登らなければならないというような感じです。

　ヴェアナと私は、スウェーデン最高峰のケブネカイセ山（Kebnekaise, 2,103メートル）やスコットランドのベン・ネヴィス山（Ben Nevis, 1,344メートル）に登ったことがありますが、彼のサポートがなければ決して頂上まで行くことはできなかったでしょう。

・・・困惑から現状認識に至るまで・・・

　自分の悩みを誰に打ち明ければよいのだろう？　と、私は孤独で困惑していました。ヴェアナは話を避けようとするので、現在のことや将来のことを話すことはできませんでした。息子と娘を除くと、親族のなかにも友人のなかにも、私達の抱える悩みを理解してくれる人はいませんでした。

「まったく気づかないわよ。ヴェアナは何も変わっていないじゃないの。そんな大きな問題ではないわよ。もしかしたら、また元に戻るかもしれないし」などと言われるのです。外から見ると分からないので、現状を分かってもらうことは難しいと思います。

　幸い、私の上司は理解ある人で、半ば強制するような形でアルツハイマー病協会（224ページ参照）に連絡をとらせました。それは勇気

のいることでした。連絡してしまうと、後戻りができないような感じがしました。つまり、自分の夫が認知症であるということを認めたことになるのです。しかし、やっとの思いで一歩を踏み出して連絡をとってみると、信じられないぐらい安堵することができました。
「分かります。私達もそういう経験をしてきたんですよ」と、優しい言葉で受け入れてもらえたのです。

　もう、私は孤独とは思っていません。同じ悩みを抱えている仲間がいるからです。

　それでも、プロの助言を仰ぎたいと思うことがあります。例えば、変わってしまった夫の行動にどのように対処するべきかについてアドバイスが欲しいのです。この病気は徐々に進行し、今後どのようになるか予測が難しいので、常に新しいことを学んで乗り越えていかなければならないのです。

　最初は、ヴェアナが穏やかで落ち着いていたので手さぐりをしながら進んでいましたが、今は夫の気分が不安定で爆発してしまうこともあります。それでもきちんと話せば理解してくれるとこれまで思っていて、何度も何度も説明を繰り返していましたが、まったく理解してもらえませんでした。

　認知症の人は、短く正確で直接的なメッセージでないと混乱してしまうということに気づいてからは、ヴェアナの怒りが爆発するのを食い止めることができるようになりました。夫を抑えることが私の役割だなんて、私の限界を超える辛いことでした。しかし、彼はのちに次のように言ったのです。
「怒りを爆発させなくてすむなんて嬉しいな」

　ヴェアナは自分の病気について人前で話すことがあるのですが、そ

の時、自分がおかしいと気づかれないように最大限の努力をしています。誰かに「調子はどうですか？」と聞かれると、ヴェアナは、「ありがとうございます。元気です。今は調子いいんです。ただ、少し前のことをすぐ忘れてしまうんですがね」と答えています。そして、微笑んで言います。

「こんなにうまく振る舞っているのに、どうして病気のことを気づかれるんだろう」

　ヴェアナは、自らの問題を周囲に気づかれないように振る舞うのが上手です。人が話していることを理解するふりをするのがうまく、微笑んだり、適切なところでうなずいたりします。長い会話を回避するために、彼は「あなたこそどうですか？」と切り返す術まで身に着けました。

　若くして認知症になったヴェアナは、自らの状況をよく把握していると主張しています。そして、例えば車の運転が無理だと思ったら自分でやめると話しています。私はいつも夫を信頼してきましたが、彼の判断力をいつまで信じることができるのでしょうか？　運転中に、「そこにでこぼこがあるわよ」、「あそこに道の亀裂があるわよ」などと言っても、夫は無視するか、たまたま運が悪かったと開き直るだけでしょう。

　私達はお互いに対等な立場で長い間一緒に暮らしてきた夫婦ですが、認知症によって配偶者が少しずつ変わってしまい、自分がすべてを担わなければならないということは悲しいです。また、夫が何かしようとする場合に邪魔をしないようにすること、そして自分自身のことを常に後回しにしないようにするさじ加減がとても難しいのです。

　私達には共通の趣味もありますが、それぞれ個人の趣味もあり、それは続けたいと思っています。夫にはできなくなってしまったことも

ありますが、まだできることもありますのでそれはぜひ続けてほしいと思っています。夫へのケアを考えるあまりに、夫の人生における自己決定権を奪ったり、過保護になったりしないように気をつけなければなりません。

・・・ 交流とアドバイス ・・・

　診断を受けてから１年が経ち、ヴェアナはフュン県のアルツハイマー病の相談員と連絡をとることになりました。相談員は、若年性認知症の人が集まる場所を作る取り組みにかかわっていましたが、それに参加するようにすすめてきました。取り組みの結果、若年性認知症の人とその家族のための相談・交流センターが設立されました。このような施設は、デンマーク国内で第一号ということでした。

　認知症の人の代表として、ヴェアナはこの非営利団体の理事会メンバーとなりました。同じ状況に置かれた仲間とビリヤードやボーリング、合唱、勉強会などの活動に参加して、生活にはりが出てきました。

　夫は若年性認知症の人の小さなグループに入っていて、ナーシングホームの職員や認知症コーディネーター、社会福祉・保健学校の学生達を対象に講演会を開いて、認知症を抱えて生きるとはどういうことか、またどのように感じるのかなどについて話をしています。自分が役に立ち、他人を助けることができるということは、若年性認知症の人にとっては生きがいとなるのです。

　家族は、できる限り口出しをしないことが大切だと思います。夫は認知症ですが、内面では以前と変わらない自立した意志をもつ強い人

間なのです。意志が強く、簡単にあきらめない性格の夫をもった私も、強く生きなければなりません。これから、まだまだ困難が待ち構えているのですから。

15

空虚な眼差し

グレーデ・ヤアアンスン（Grethe Jørgensen）
1927年生まれ。年金受給者。
78歳になるアルツハイマー病の夫をもつ。

　私と夫が出会ったのは1948年のことでした。2年後の1950年に結婚しました。子どもはいませんが、私達はいつも仲良く幸せな結婚生活を過ごしてきました。

　私の姉には娘と息子が1人ずついましたが、姉は若くして亡くなりました。そのため、私達は姪と甥と一緒に過ごす時間が多くなり、ある意味では2人が私達の子どものようになりました。

　夫が70歳になる直前、何かがおかしいことに私は気がつきました。

街なかにそびえたつ巨木は、人々の幸せも悲しみも見守っているのだろうか

夫の誕生日をお祝いするレストランに行く時、夫がほとんど話さなかったのです。いつもなら、何を食べて何を飲むかを夫が決めていたのですが、今回は違いました。私にすべてを任せようとするのです。どうしたのかしら、と不思議に思いました。

　その70歳の誕生日パーティーの席で、夫は何か言おうと思って立ち上がりました。スピーチには慣れているはずの夫が、今回は言葉がまったく出てこなくて、立ち上がったあとすぐに座ってしまったのです。私はこのことを忘れようとし、単に調子が悪かっただけだろうと考えるように努めました。幸い、パーティーはとても楽しく思い出深いものになりました。

　その後、辛いことが少しずつやって来ました。理解できないようなことが次々と起こるのですが、長い間、私はそれらから目をそらして一過性のものだと考えるようにしました。すぐに元の状態に戻るだろうと高をくくっていたのですが、夫の奇妙な行動は増える一方でした。例えば、財布やカミソリの刃などをどこかに仕舞い込んだりするのです。そして、どこにしまったかを忘れてしまうので、私は何時間もかけてそれらを探さなければなりませんでした。苛立って、夫に怒鳴ったこともあったと思います。

「すぐに戻ってくる」と夫に言ってコインランドリーに出掛けると、私を捜しにマンションを出て、近所の友人宅まで行ってしまったことがありました。また、電話が鳴ると夫は「もしもし」と出るのですが、相手の言うことも聞かずにすぐに受話器を置いてしまうのです。家庭はめちゃくちゃな状態になり、落ち着いて生活することができませんでした。

　さらに、嫉妬心が強くなりました。私が近所の人や通りすがりの人と言葉を交わすと、夜、いったん眠りについてからまた起き出して、

私に「どこか出掛けていたのではないか」と詰問をするようになったのです。

夫はすっかり変わってしまいました。夫が目まいと頭痛を訴えたので、かかりつけの医者に相談したところ、脳をスキャンしてもらってはどうかと提案され、夫もそれに同意しました。私達が最も恐れていたのは、脳腫瘍が見つかることでした。

検査の結果、その不安は解消されましたが、アルツハイマー病であると診断されました。夫自身は、それがどういう意味か分からないようでした。脳腫瘍でないことに大喜びして、医者を抱き締めていたのです。医者は、病気の進行を抑え、状態を改善する可能性のある薬を服用することをすすめました。

・・・ 薬が合わない ・・・

「残念ながら、薬が合わない方もいるようです」と、医者が言いました。まさに、私の夫がそのケースであることが判明し、結局夫は薬を服用しなくなってしまいました。

土曜の夜のこと、怒った様子の夫が、宝くじの券を持って出掛けてくると言いました。私は宝くじの券なんて持っていないと分かっていましたが、とにかく夫は出ていき、そして帰ってこなかったのです。もちろん、捜しに行きましたが、見つからなかったので警察に通報しました。しかし見つからず、その夜は心配で眠れませんでした。

日曜の朝になって知人が電話をしてきました。夫がベンチに座っているのを見たと言うのです。その場所は、夫が子ども時代を過ごした町でした。彼女が夫に話しかけようと近づくと、夫は立ち去ってどこ

かに行ってしまったようです。友人達が走り回って捜してくれて、ついに夫を見つけて家まで連れてきてくれました。すっかり疲弊していた夫に、どこに行っていたのかを聞きましたが分かりませんでした。水分をとってからベッドに入り、疲れきっていたのでしょう、16時間も眠りました。

　私は、夫が突然何をしでかすか分からないという状況に耐えられなくなっていました。そこで夫は、近所のナーシングホームのデイサービスに毎日数時間行くことになりました。送り迎えは私がしていました。

　そうこうしているうちに数年がすぎました。夫の病気はますます悪化し、心が痛みましたが、これ以上夫の世話をすることが私にはできないと認めざるをえない状況となりました。夫を介護の専門家に任せて、私自身の生活に平穏を取り戻したほうがよいのではないかとみんなが助言してくれました。それが正しいと分かっていながら、どうしてもそれを認めることができず、ついつい先延ばしにしていました。

　夫は、誰からも愛される優しい人でした。親族の集まりでは、みんなを楽しませる明るい存在でもありました。夫が自分の人生について語るのを、甥も姪も夢中になって聞いていたものです。現役の頃には、大きな労働組合の要職に就いていて、あちこちに出張もしていました。

　夫と私が出会う前のことですが、デンマークがドイツ軍に占領されていた時代に、夫は不法な郵便物を配達したためにドイツ軍に捕えられ、ドイツの強制収容所に1年半にわたって収容されていました。解放されて家に帰った時には精神的に病んでいて、無気力になっていたようです。「髪と歯をすべて失ってしまった」と、夫は言っていました。

　彼の人生は苦難に満ちたものでした。アルツハイマー病の原因の一

部には、この強制収容所での体験があるのでしょうか？　お腹がすいて、毎日ジャガイモの皮を食べていたことも夫は話してくれました。

それでも、夫は陽気な人で、いつも楽しい話をしていました。スポーツが大好きで、特に競争する競技が好きでした。そして、少しバクチ好きでもありました。そんな夫の最後の時期がこんなひどいものになるなんて、あんまりだと思っています。

自分ではよく分かっていませんが、夫は時々とても攻撃的になることがあります。なぜなのかは分かりません。

・・・　離れ離れになることの辛さ　・・・

私は、これ以上家で介護することができないことを悟り、デイサービスに通っていたナーシングホームへ夫を入居させることにしました。50年以上連れ添った愛する夫を手放し、離れ離れになることはとても辛いことでしたが、そうせざるをえなかったのです。入居してから、もう3年以上が経ちました。

私は毎日夫を訪ね、最低5時間は一緒に過ごしています。夜に訪ねることもあります。一緒に散歩に出掛けることもありますが、目にするものについて2人で会話することはもうできない状態です。ナーシングホームの部屋に帰っても、夫はただ座って宙を見つめるだけです。それは空虚な眼差しで、見ているといたたまれなくなります。というのも、夫が元気だった頃、どんなに楽しそうな目をしていたかを今でも覚えているからです。

夫は身体を洗うことや、ひげを剃ることを拒否することがあります。身なりをいつもきちんと整えていた夫が、何日も続けて同じ服を着て

いることがあります。また、夫を入浴させるためには3人もの介護者が必要です。すべてがとても悲しいことです。

　ナーシングホームに入居した直後、夫が一人で抜け出して町に出掛けてしまうということが何度かありました。警察のお世話になって大騒ぎとなりましたが、結局、いつも自分が育った町にいるところで発見されました。何度か、私が見つけたこともありました。

　ナーシングホームのドアを施錠してはならないということに、私は不満をもっています。認知症の人が外に出てしまう可能性があるのに施錠しないことは介護放棄であると思います。そのような入居者が何らかの事故を起こして、自分や他人を傷つけたりする可能性だってあるのではないでしょうか。

　最近、夫は新しいナーシングホームに引っ越しました。前のナーシングホームが改装されることになったからです。引っ越しによって夫は混乱し、状態がいっそう悪くなりました。私が訪ねていくと、夫が顔を手で覆って胸も張り裂けんばかりに泣いていたこともありました。どうしてそんなに悲しんでいるのか分かりません。私ができることは、夫を見つめ、一緒に泣き、慰めることだけです。

　私はいつも夫の手を握ってそばに座り、指を撫でています。夫がどのように感じているのかは分かりません。こんな状態になって、心から悲しく思います。かかりつけの医者にそれを話すと、「楽しかった時代を思い出すといいでしょう」と医者は言いますが、そんなことをしても心が軽くなるわけではありません。

　夫は別人になってしまったのです。そのことが、私の心を締めつけています。アルツハイマー病は恐ろしい病気です。昔の夫を知っている人には、夫がこんな病気にかかるなんてまったく理解できないでしょう。

16 50歳でナーシングホームに

リスィ・コンドロプ・イェンスン（Lissi Kondrup Jensen）
1942年生まれ。元事務員。
51歳になるアルツハイマー病の義娘をもつ。

　私は、マリアンを11歳の時から知っています。当時私は、彼女の父親の会社で働き始めたばかりでした。私達は、すぐに意気投合しました。彼女は金色の目をしていて、豊かで黒くカールした髪をもつとても魅力的な女の子でした。人を引きつける力を備えていて、とても楽しい特別な人でした。しかし、彼女にも心の闇がありました。

　マリアンはオーフース（Århus）のマーチングバンドに入っていて、サックスを吹いていました。毎週練習に通い、マーチングバンドに没頭していました。彼女は外見が美しいので、マーチングバンドのなかでも花形でした。

　マリアンと親しくなってすぐに、彼女がたくさんの問題を抱えた複雑な人間だということが分かりました。マリアンの下には2人の妹がいるのですが、その妹達が仲良しであることをどうも受け入れることができなかったような印象を私は受けました。3人姉妹の間は、それぞれ1歳ずつしか離れていませんでした。

　マリアンは赤ん坊の頃、とても発達が早く、オムツも早くとれて言葉も早く話せるようになりました。ところが、妹が生まれた途端また

おもらしをするようになり、それが理由でずいぶん叩かれたようです。そのことが、彼女の性格に影響を及ぼしたようです。アフリカ系の血が混ざっている母親の外見のよいところを引き継いだマリアンは、ほっそりとしていて魅力的な女性でした。

　一目会った時から、マリアンと私はとても仲良しになりました。子どもの頃の話や恋愛の話をしては、一緒に笑ったり泣いたりしました。今でもそんな話をすることがあります。でも、もうマリアンはその頃のことを覚えていません。進行性のアルツハイマー病を患っているマリアンは、51歳という若さで1年前からナーシングホームで暮らしています。

　マリアンの両親の仲が悪くなると、彼女は父親の味方をしました。それに憤った母親は、彼女に対して「肥満」とか「醜い」などと言って精神的に追い込むようになりました。その影響で、マリアンはだんだん食事をとらなくなりました。

　堅信礼を受けた14歳の頃、マリアンはとても美しい少女でした。背が高くほっそりしていて、服のサイズは女性の平均サイズの36でした。それでも、彼女は自分の外見が気に入らず、太っていると思い込んでいて、ほとんど食事をとらなくなってしまったのです。

　それに伴って、気分の浮き沈みも激しくなりました。自分が若い女性へと成長を遂げる過程にあるのだということが分かっていなかったのだと思います。

　いつもちやほやされていたマリアンは、誰からも人気がありました。彼女はそれを楽しんでいましたが、誰かが近づきすぎるとすっと離れていきました。少し、接触恐怖症があったのだと思います。人に抱きしめられると、棒のように身を固くしていました。

　マーチングバンドに没頭していた彼女は、ある時、アメリカに行っ

て世界中のマーチングバンドと競いあいました。所属していたオーフースマーチングバンドが優勝し、喜び勇んで帰ってきました。気をよくした母親が、下の妹達もマーチングバンドに入れました。妹達が自分の「領域」に入ってくると、マーチングバンドに対する熱がすっかり冷めてしまって、マリアンはあっさりと辞めてしまいました。いつも、２人の妹に嫉妬ばかりしていたのです。

　両親の仲はますます悪くなり、相変わらず父親の側についていたマリアンは、母親からいっそうひどい仕打ちを受けるようになりました。また食事をとらなくなり、体重が60キロから45キロにまで減りました。それが初期の拒食症であったかどうかは分かりませんが、それが自分自身に対する抗議であるとともに周囲への抗議であることは疑う余地がないでしょう。

　とうとう両親は離婚し、その後、母親は新しい男性を見つけて再婚をし、２人の妹を連れてカナダに行ってしまいました。当時17歳だったマリアンは、美容専門学校に通っていたのでデンマークに残りました。

　気難しいマリアンですが、私は彼女が大好きでしたし、私達は仲良しでした。彼女は、面白く、学校の成績もよく、クリエイティブな人でした。でも、彼女は相変わらず食事をあまりとりませんでした。このような不摂生が、彼女のアルツハイマー病の発症に影響したのだろうと私は思っています。

　25歳の頃から物忘れがひどくなりました。のちに私は彼女の父親と結婚することになるのですが、彼も私も、マリアンの忘れっぽさを彼女の変わった性格のためだと誤解していました。

若年性アルツハイマー病

　専門家によると、彼女は長年にわたってアルツハイマー病を患っていたようです。

　のちに彼女は、将来夫になる男性と出会いました。ほかの男性と同じく彼もマリアンの魅力の魔法にかかり、夢中になってしまいました。時間が経てば、きっとマリアンは自分を愛してくれるようになると信じていたようです。

　すぐに男の子を授かりました。出産後も順調で、温かく思いやりのあるマリアンは子どものよき母になりました。ただ、子どもにキスをしたり抱きしめたりすることが苦手でできませんでした。しかし、私の目からは、夫に対して与えることができなかった愛情を子どもにはちゃんと与えているように見えました。その後、2人は立派な家を購入し、数年後には2人目の子どもが生まれました。

　うまくいかなくなってきたのはその頃だったと思います。マリアンは、過度に次男にかまうようになっていきました。私は彼の代母(1)になりましたが、次男は素晴らしい子どもであると同時に、何でも自分の好きなようにさせてもらっていました。私はよく冗談めかして、「この子は神の恵みでもあるし、悪魔の呪いでもあるわね」と言っていましたが、実際そんな子どもでした。

　母親のマリアンは、愛情を込めて守るように子どもを育てていましたが、彼女には子どもの健康状態を正しく判断するだけの能力がありませんでした。かわいそうな子ども達は、何度医者に連れていかれたことでしょう。雪が降っている寒い日に外から帰ってきた子どもの赤い頬を見て、「熱を出している」と言って医者にしょっちゅう連れて

いったのです。赤い頬が健康なしるしであるということが理解できなかったのです。

　一方、お客さまが来る時はとても気難しい様子を見せました。自分がその場の中心にならなければ満足できず、注目を浴びることができなければ何とかしてみんなの気を引こうとしました。驚くほど不機嫌になったり、故意にコーヒーをこぼしたり、花瓶を倒したりするのです。特に、妹が一緒にいる時にはいつも何かが起こりました。

　料理の苦手なマリアンが料理をつくる時、いったい何を作るのかと周囲がハラハラして見ていました。でも、お菓子を焼くことだけはとても上手でした。優雅にキッチンのテーブルの端に立って、オートミールクッキーの生地を丸め、3メートル先の天板にひょいと器用に投げるのです。そして、焼き上がったクッキーも本当においしかったのです。私はマリアンのレシピをすべてもらいましたが、どれもとてもおいしいです！

　マリアンの夫は完璧主義者でしたが、ユーモアのセンスをもった素晴らしい人でもありました。そんな人でないと、マリアンの夫は務まらなかったと思います。可能な限り、彼が料理をしていました。食事のカロリーを低くすることを常に心がけていたマリアンは、牛乳がゆやスキムミルク入りのオートミール、ヨーグルトなどをいつも食事にしてしまうからです。

　家のインテリアも、センスのよい夫の担当でした。しかし、家の個性や雰囲気を作り出すのはマリアンでした。彼女には芸術的な独特のセンスがあって、家庭に心地よい雰囲気や芸術的な個性を演出するだけの才能がありました。

⑴　キリスト教の洗礼式に立ち会い、子どもの代わりに牧師の質問に答える女性。子どもの親の近しい人が選ばれることが多い。

魅力的で個性的なマリアンの周りには、いつもたくさんの人が集まってきました。そんなマリアンの結婚生活について、たくさんの面白いエピソードがあります。特に、彼女の忘れっぽさによるエピソードには事欠きません。残念ながら、その頃からアルツハイマー病を発症していたのだと思います。

　マリアンについて忘れられないのは、先ほど書いたように、食事を極端に制限していたことと日光浴が大好きであることです。

　彼女はまるで、細くて黒くてしわしわのグラウベール人[(2)]のようでした。日光浴マニアであるマリアンにとっては、どれだけ日光浴をしても十分ではありませんでした。道を歩いている時には必ず日なたを歩き、日陰を歩く私と会話をする時には大きな声で叫びあうという状態となりました。

　毎晩、夫が帰るとマリアンはサンオイルを塗っていました。夫がドアノブに触ると、必ずサンオイルがべっとりとつきました。買い物の暇を惜しんで日光浴をしていたので、いつも冷蔵庫には食料が少ししかありませんでした。あの頃、彼女の息子達がどれほどお腹がすいていたかということを、彼らはユーモアと愛情を込めてよく話しています。

　マリアンの奇妙な言動が目立つようになり、彼女の愛情を感じることができない夫は精神的にダウンしてしまいました。マリアンが接触恐怖症を克服することができなかったことも、理由の一つだと思います。

　マリアンの父親と私は順調な結婚生活を送りましたが、結婚して23年後に夫が亡くなりました。その次の年にマリアンは離婚しました。その頃には、彼女の息子達は自立していました。まだ息子や友人、前夫、私に支えてもらってはいたものの、一人身になってしまったのです。すると、彼女の状態が急激に悪化し始めました。記憶力が減退し、オーブンの火を消し忘れたり、フライパンや鍋をかけているコンロの

火を消し忘れたり、買った商品を忘れてきたり、どこで買ったのかが分からなくなったりすることもありました。

町に買い物に出て、同じ商品を別々の場所で3回も買ったこともありました。その結果、ニンジンを3キロ、ライ麦パンを3パック、8個入りのトイレットペーパーを3袋も手にして困っているのです。そんな愉快な失敗を、私達は笑って受け止めました。

「そんなたくさんのニンジンを買うなんて、あなたは馬でも飼っているの」と、冗談めかしてマリアンに言ったこともありました。

でも、現実は愉快なものではなく、本当に悲劇的なことだったのです。マリアンはまだ47歳でした。そのうちにうつ状態がひどくなり、病院に入院しました。マリアンは自分の物忘れのひどさを訴えていましたが、最初、彼女は個性的な人だからと言ってみんなは深刻にとらえていませんでした。しかし、医者は何かあるはずだと疑って脳のスキャンを行い、アルツハイマー病がかなり進行していることが判明したのです。

退院後、しばらくの間はホームヘルパーが自宅に来てくれたこともあり一人で生活していましたが、粗相や失敗が目立つようになり、これ以上無理だと私達は判断しました。そこでマリアンは、ナーシングホームに併設された24時間介護付きの保護住宅に50歳の時に入居することになりました。

マリアンは非常に多才な人でした。素敵なセーターを編んだり、器用にバッグや帽子を縫ったりしていましたし、絵を描くのも得意でした。本当に、優れた才能をもった人です。

---

(2) デンマークのユトランド半島中部で1952年に発見された鉄器時代の湿地遺体。オーフース先史博物館に発見されたときと同じような格好で展示されている（参考：P.V. グロブ著、荒川明久・牧野正憲訳『甦る古代人』刀水書房、2002年）。

オーフースにある高齢者施設の居室。なじみの家具を持ち込んで自分らしい空間を演出する

マリアンが最後に絵を描いた時は、病気の影響を大きく受けている様子が見られました。それ以来、描くことができなくなってしまいました。アルツハイマー病がマリアンから絵を奪ってしまったのです。ただ絵を描く能力を奪っただけではなく、絵やイメージを思い浮かべる能力も奪ってしまったのです。

また、言語を操る能力も奪いました。「そこのオレンジを取ってちょうだい」と私がマリアンにお願いすると、彼女はライターを取ってわたします。頭のなかのどこかで自分が認知症になってしまったことを感じているのか、マリアンは時々とても攻撃的になったり、悲しそうになったりします。

日常生活のすべてにおいて介護が必要で、食事の時には介護スタッフに迎えに来てもらい、食後には送ってきてもらわなければなりません。方向感覚が失われていて、どこに何があるか分からないからです。

小さい頃から親しくしている私の大切な人が、自分の目の前から消えていくのは耐えられないほど辛いことです。最近は、週に1度マリアンを訪ねて、5時間ほど一緒に過ごしています。私が帰ったら、2分後には私が来ていたことも忘れることを知りながら……。

17

父と運命を共にするか？

トニ・クリュスナ（Tonny Klysner）
1942年生まれ。ジャーナリスト。
1997年にアルツハイマー病の80歳の父親を亡くす。

「もし、神がいるのなら、神に怒りを感じていただろう。だから、神を信じていなくてよかった」

父は、信仰心がないことをこのように私に語りました。それは1988年の春のある日で、私達はコペンハーゲンのウスタブロー（Østerbro）地区、ホーセンスゲーゼ通り（Horsensgade）13番地の道端の石段の上に座っていました。そこは、私が50年前に生まれた、小さな中二階(1)のマンションの前でした。

子どもの頃、その冷たい石段の上に座っていたら身体が冷えてしまって腎炎になり、小児科の病棟に数か月入院したことがあります。その石段に、今度は父と並んで座っていました。その次の日、父と母は、専門医から父がアルツハイマー病であるという診断を下されたのです。すでにその症状が現れていた父が医者に尋ねました。

「現状維持をしたり、回復したりする可能性はあるんでしょうか？」

医者は遠まわしに否定しました。

---

(1) 1階床と2階床の中間の高さに部分的に床を設けて作られた階のこと。

「稀に、一時的に症状の進行が止まることもありますが……」

「じゃあ、安らかに眠ったほうがましだ！ 熟睡した自分の脳を起こすことができないなんて」と、父は答えました。

　父の言葉の裏には、自らの健康状態に対する自覚がありました。身体が健康すぎて、脳がその長い人生の旅についていけないのです。父が安らかに眠るまで10年以上がかかりました。最後の４〜５年間、父の美しい目はうつろで、身体だけが生き長らえていました。

　ウスタブロー地区を散歩する時にいつも休憩する場所がありましたが、ホーセンスゲーゼ通りもその一つでした。1920年代の私の子ども時代、青年時代を、父と一緒に再体験しているかのようでした。1917年に、父はフィスケダムスゲーゼ通り（Fiskedamsgade）、母はブロムレビュー（Brumleby）で生まれました。父も母も、生まれ育った地域を離れることがありませんでした。

　母の健康状態は昔からよくなかったのですが、父が病気を発症してからはさらに悪化して、心臓が次第に悪くなりました。父にナーシングホームの空きが出るのを待っている間に、母が倒れて入院することになりました。私は仕事を休職して、メーヌーゲーゼ（Manøgade）通りにある両親のマンションに引っ越しました。それは、ある意味で美しいとも言える経験でした。

　ある時、父が行方不明になったことがありましたが、次の日にノアハウネン（Nordhavnen）で見つかりました。疲れた様子で歩いているところでした。父は、もう手に入れることができない自由を求めて歩き回っていたのかもしれません。

　父はお風呂で髪を洗ったり身体についた石鹸を流したりすることができず、そんな時は決まって私を呼びました。そこで、私は一緒に入浴することにしました。それが一番簡単だったからです。父が髪や体

を洗うのを手伝いながら、自分が赤ん坊だった頃には数えきれないほどオムツを替えたり体を洗ったりしてくれてありがとう、とお礼を言いました。

　ほぼ毎日、ベッドに入って1時間ほどで父は起き出してきました。居間で本を読んだり、一人の時間を楽しんだりしている私のところにパジャマで入ってきたりしました。尋ねるような調子で私の名前を呼ぶのですが、そのあとの質問は続きませんでした。寝室を出て居間に向かって6～7メートルほど歩くと、質問を忘れてしまうのです。父はちょっと弱々しく微笑んで、またベッドに戻って休むという毎日でした。

　午前中にするべきことをすませると、私達はウスタブロー地区を散歩しました。フィスケダムスゲーゼ通りでは祖父の植えた木を見上げ、そして、かつて父と仲間達が果物泥棒をしたリンゴの木や洋ナシの木があったローセンヴェンゲズ（Rosenvænget）を歩きました。母と7人の兄弟姉妹、そしてその両親が住んでいた32平方メートルの家があった医師協会の住宅街を通り、小さい子ども達が大勢でボール遊びをしている芝生公園のクロスタフェレゼン（Klosterfælleden）を抜けて歩きました。

　父が笑って「覚えているかい」と言いました。

　もちろん、覚えていました。サッカーとクロスタフェレゼンは私の子ども時代の思い出の半分以上を占めていました。父は、私と一緒にサッカーをしてくれたのです。

　父は、年をとっても、青い目をした美しく魅力的な男性でした。髪は白く、いつも長くしていました。バウスヴェーア（Bagsværd）にある「グランリュー（Granly）」というナーシングホームでも女性に人気がありました。父はナーシングホームでの生活を楽しんでいました

し、しょっちゅう抜け出していなくなるにもかかわらず職員からは愛されていました。身体は元気で、強い父でした。丸一日行方不明になったこともあり、見つかったあとにナーシングホームの守衛に私は尋ねました。
「どうして、父が出ていくのを止めなかったのですか？」
　守衛の答えは次のようなものでした。
「お医者さんだと思ったんですよ。水色のシャツに青いブレザーをはおって、グレーのズボンをはいていらしたから。微笑みながら手を挙げて、愛想よく挨拶してくれたんです。素敵な方だと思いました」

・・・ 病気の急激な進行 ・・・

　しかし、病気は急激に進行しました。一瞬よみがえったジェントルマンとしての父の美しい行動が、その後の人生を大きく変えてしまったのです。
　長い廊下を落ち着きなく行ったり来たりする高齢の女性がいて、壁の手すりにつかまってヨロヨロと歩いていたのですが、ある日、歩いているうちにバランスを失って転びそうになりました。それに気づいた父は、反射的に女性を助けようと身を投げるように駆け寄ったのです。そのおかげで女性は転ばずにすみましたが、父は床に身体を打ち付けて腰を骨折してしまいました。
　歩くことができなくなり、ナーシングホームから抜け出そうとすることもできなくなりました。その後、5年間、父は車椅子に座っていました。状況は悪くなる一方でした。まもなく、50年以上連れ添った最愛の妻、つまり私の母が亡くなりました。私の見守るなかで母は、

ビスペビェア病院で静かに息を引き取りました。母の最期の言葉は、「すべてが黄緑色だわ」でした。

母は、父には見えない光を見たのかもしれません。父に母の死を告げると、父の頬に涙が流れ落ちました。そして、父は言いました。
「なんと痛ましいことだろう」

その頃すでに単音節語(2)しか発することができなかった父が、どうしてそんな文章を言うことができたのか分かりません。しかし、父の言う通り、確かに痛ましいことでした。

アルツハイマー病は怒りや攻撃的な行為を引き起こすことがよくありますが、幸い父にはそういうことがありませんでした。そればかりか父は、まだ話すことができるうちは、物事を見分ける力やユーモアのセンスまで持ち合わせていたのです。

単音節語やうなずくこと、首を横に振ることでしか自分を表現することができなくなってからのことですが、ある時、若くて美しいナーシングホームの女性職員が短くて身体にぴったりした白衣を着て通りかかりました。私には確かにそう聞こえたのですが、父は客観的な事実を2語で表しました。
「いいケツ！」

また、75歳の誕生日パーティーでのことです。バースデーケーキのロウソクに火が灯されてテーブルに運ばれてきたのですが、2本のロウソクがくっついてボッと大きな一つの炎が出たのです。父はそれを見て言いました。
「すげえ火！」

---

(2) 音節とは、ある言語でひとまとまりの音として意識され、発音される単位。単音節語とは、唯一つの音節で形成されている語。日本語では、仮名一字が一音節になる。

死んだような生

　家族が認知症を患っている場合、多くの人々が同じように感じていると思いますが、父が死んだように生きていると感じることがあります。ほぼ4年間も他人との内面的な接触がない状態で、非人間的な形で子どもに戻ってしまった父。そんな人生に何の意味があるのだろうと考えてしまいます。しかし、それでも意味があるのかもしれません。

　ナーシングホームにいる父を訪ねると、食事の世話をすることがあります。父は鳥のひなのように軽くとがらせた口を開けて、食べ物が入るのを待っています。父の髪を撫で、頬にキスをすると、ひきつけたように硬直していた父の手が柔らかくほどけていくようでした。もしかしたら、心に平穏を感じていたのは私なのかもしれません。グランリューからの帰り道、私はいつも自分の子ども時代を思い出していました。まったく幸せな日々でした。そのことが、私の心のなかの葛藤の背後にあったのかもしれません。

「私は正しいことをしたのだろうか？　何とかして、父を活気のない人生から救い出すことができたのではないだろうか？」

　よく分かりませんが、父が早く私に頼んでいたら、私はそうしていたかもしれません。でも、そんなことができるうちは死など望まなかったでしょうし、生きたいと思っていたと思います。

　父が亡くなってから5年経った今でも、怒りや無力感をもつことがあります。誰かにその矛先を向けることはありませんが、こんなふうに言うことができるでしょう。

「もし、運命が人であったら、その人に連絡をとろうとするでしょう。真剣に伝えたいことがあるから」

私の息子のペレは27歳ですが、父の若い頃にそっくりです。私が生まれた時、父は25歳でした。外見も心も息子と父は似ていますし、私とも似ています。ペレが「おじいちゃん」と呼ぶ時の声は、まるで父の声のようです。ペレはおじいちゃんが大好きでした。子どもはいつも一緒にいてくれる人、そして水泳や自転車の乗り方を教えてくれる人が好きなのです。

　ペレは、人生の教訓を学びました。つまり、何でもできるおじいちゃんでも死んでしまうということ、そして誰にでも死は訪れるということです。父が私の学校の友達に心から尊敬されたという話を、今でも忘れることはありません。もちろん、ペレもその話を聞くのが大好きでした。

　私は、学校の先生に頭や耳がガンガンするほどの平手打ちをくらったことがありました。おしゃべりをして、授業の邪魔をしてしまったのです。仕事から帰ってきた父がいつものように私を抱きしめた時、私の顔が腫れていることに気づいたのです。何があったのかを父に説明すると、父は一言も言わずにドアから出ていってヤグトヴァイ通り（Jagtvej）の公衆電話に行き、「明日、少し遅れて出勤する」と職場に連絡していました。

　次の日の7時55分に、父と私はブレガヴァンゲン学校の門をくぐり、父は私を叩いた先生の居場所を尋ねました。父と先生は教室の外で会い、私を呼び出しました。まず父は、授業を邪魔したことについて私を叱り、次に主任のクレステンスン先生に向かって言いました。

「私は、子どもを叩いたことがありません。もちろん、自分の2人の息子も叩いたことがありません。だから、先生がトニを叩くことが許せません。もう一度そんなことをしたら、私はここに戻ってきます。先生は大人ですから分かりますよね？」

次の日、先生は私に言いました。
「君のお父さんはいい人だね、トニ」
　それはよく分かっていました。父は気性の荒い人ではありませんでしたが、意志が強く、頑固な人でした。特に、自分が好きな人をかばう時や助ける時にはそうでした。人を全力投球でかばい、愛する人でした。子ども時代の幸せな思い出が心によみがってくるたびに、回答のない未来に対する疑問がわいてきます。
「私自身はどうだろう？　遺伝子を引き継いでいるのだろうか？　父と運命をともにするのだろうか？　科学者達が認知症の研究をしているが、私を助けてくれる発見がなされるのだろうか？」
　私もすでに60歳です。自分のささいな物忘れや記憶力の減退に、つい不安になってしまいます。父の最後の5年間は辛い日々でしたが、私は恐れてなんかいません。父と同じように、命が続く限り生きていたいのです。
　職場であるエクストラ・ブラーゼト社に電話がかかってきたのは1997年5月6日のことでした。グランリューの看護師が、予期していたこと、そして望んでいたと同時に恐れていたことを告げたのです。
「あなたのお父さんが危篤状態です。急いで来てください！」
　私が駆け付けると、まだ父は息をしていました。父のそばに一人で座り、手を握り、薄くなった白髪を撫でました。80歳の父が亡くなったのは、私が55歳になる前日のことでした。父が私に言った最後の言葉は亡くなる3年前に言ったもので、青い目に微笑みを浮かべて父は言いました。
「息子よ！」

18 アルコール依存による認知症

シャロデ・フロスト・ヘンレクスン（Charlotte Frost Henriksen）
1957年生まれ。コンサルタント。
2000年に認知症の72歳の母親を亡くす。

　私の両親は、当時としては高齢での出会いでした。どちらも婚約破棄をしたという過去をもっていたのですが、出会ってから1年足らずで結婚しました。
　当時、母は26歳、父は29歳でした。父はブラナスリウ（Brønderslev）出身で、そこで販売士の教育を受け、その後スケーイン

スケーインの海岸

（Skagen）の生協に就職しました。一方、母は、スケーインの電話センターで交換手をしていました。結婚して3年後の1957年に両親はある商店の経営を引き継ぎ、その3か月後に私が生まれました。両親は、自分の店をもつという夢をかなえたのです。

　私達は、賃貸の一戸建ての家に住んでいました。家主がドイツに住んでいたので、その間、その家の管理をしていたのです。父が店を切り盛りし、母が家庭を守っていました。さらに母は、木曜日と金曜日の午後、そして土曜日の午前中には店の手伝いもしていました。私はベビーシッターに育てられ、少し大きくなると半日制の保育所に預けられました。

　両親はともに完璧主義者で、すべてをきっちりと管理していました。父は穏やかな人柄で、絶妙なユーモアセンスをもった温かい人でした。人付き合いをそつなくこなす人で、身分の高さも年齢も関係なく誰とでも付き合うことができました。また、自尊心が高く、自分がすることに手出しをされることを嫌がりました。

　母は父より明るくいつも笑っている人で、勤勉で、常に何かに忙しく取り組んでいました。台所仕事がとても上手で、手先の器用な几帳面な人でした。すべてがきちんと整理されていて、家はいつも清潔で片付いていましたし、節約上手でやり繰り上手な人でした。

　私達家族にとって、1960年代は幸せな時代でした。家族仲はよく、家庭は温かく、安心や愛情を感じて過ごすことができました。1963年に両親は新築の一戸建てを購入し、1964年1月に入居しました。同じ年の7月には弟が生まれ、全員が揃いました。

　1972年、両親は観光地で別荘の多い地域にある店舗を購入しました。地域の人も買い物に来るので、観光シーズンだけでなく1年中営業していました。父がこの店を切り盛りし、母は町なかにあった店を切り

盛りしていました。

　町なかの店は、ビジネスの規模を当初の3倍に拡大していました。両方の店でも人を雇っていましたが、それでも経営者としての仕事が山ほどありました。別荘地の店は観光シーズンになると土日も営業するので、私達には休みがありませんでした。家族みんな、総出で店を手伝っていました。

　このようにして母は、平日は町の店で働き、週末には別荘地の店を手伝っていました。さらに家事や子育てまでしなければならなかったので、とても大変な毎日でした。そして3年後、両親は別荘地の店を売却しました。すると、町なかの店の経営もうまくいかなくなり、人を雇う余裕がなくなり、両親だけでお店を経営しなければならなくなりました。

　このような多忙な生活の重圧に耐えかねて、母がお酒に頼るようになってきたのだと思います。いつから母がお酒を飲むようになったのかとよく聞かれるのですが、私には分かりません。母のアルコール依存に気づいたのはずっとあとになってからのことです。

　母の振る舞いがおかしいと気づいたのは1970年代の終わりで、奇妙な行動をするようになり、何もできなくなり、家庭の調和が乱れ始めました。目を覆いたくなるような行動をし、おかしなことを口走るので、母と一緒にいると恥ずかしくてたまりませんでした。

　それでも、母がお酒を飲んでいるということに関してはよく分かっていませんでした。私以外はみんなよく知っていたと思いますが、父はその話を一度もしませんでした。体面を保つ父らしい行動ですが、実は、父も母の奇妙な行動に大きく動揺していました。父は、尊厳を傷つけられたと思っていたのです。

　1980年代の終わりに母の健康状態が悪化し、1981年1月に急変して

何もできなくなってしまいました。入院をし、肝硬変という診断を受けました。働くことができなくなり、父は店を売り払うことにしました。

　6週間ほどして退院しましたが、その時に決してお酒を飲まないという約束をしました。母はその約束を長い間守っていましたが、この時にも、私は母のアルコール依存をよく理解していませんでした。ただ、母の体調がひどく悪いことを悲しく思っていました。とても深刻な状態であると聞かされ、死の危険さえあると言われました。

　しかし、母は回復したのです。長い間患っていたことを考えると本当に信じられないことですが、母は快癒し、自分の人生を取り戻して嬉しそうでした。私は、以前より母に注意を向けるようになりました。母が再びお酒に手を出すと死ぬかもしれないということを知り、そのことをとても恐れていました。

　私達の家庭生活を振り返ると、飲酒は節度あるものでした。週末の食事でワインを飲んだり、日曜日の昼食にスナップス[1]を1杯飲んだりしましたが、それ以外は特別な日にしか飲みませんでした。ところが、1年ほどすると、母がまたお酒を飲み始めたのです。かつてあれほど苦しんだのに、また飲み始めるなんて私には信じられませんでした。

　1983年2月、父が脳血栓で急逝しました。それから、すべての歯車が狂い出しました。母は家を売り、マンションに移らなければならなくなり、そのストレスからお酒の量が急激に増えていきました。

　父が亡くなって3年が経った時、私は母との関係を断ち切ることを決意しました。当時、私は4歳の子どもを抱えていて、2人目の子どもを妊娠していました。子どもへの影響を考えて、母との縁を切ることにしたのです。

　それからさらに3年が経った頃、母は飲みすぎで脳がすっかりやられてしまい、物事を考えることもできなくなり、まるで20年前に戻っ

てしまったかのような状態になってしまいました。「夫が経営している店を手伝いに行かなければならない」などと言い出したり、私の弟のことを小さい子どものように話したりするのです。私達はショックを受けました。

　母は入院し、自分で生活することができないと診断されて、ナーシングホームの認知症ユニットへの入居手続きがなされました（母は2000年3月に食道がんのため72歳で亡くなったのですが、それまで母は、そのナーシングホームで11年間を過ごしました）。

・・・　まったく違う状況　・・・

　私達は、突然、まったく違う状況に直面することになりました。3年間会っていなかった母に会うためにナーシングホームへ行くことは私にとってドキドキすることでしたが、会ってみると、身なりをきれいにしているので驚きました。もっとやつれた様子をしているのではないかと思っていたのです。話していても感じがよかったのですが、母の目を見ると、精神安定剤が投与されていることが分かりました。母は、何が起こって、今どこにいるのか、それがなぜなのかが理解できていないようでした。

　認知症の人の家族として過ごした11年間は辛い日々でした。数年前に縁を切った母に対して私は怒りを感じており、母がすっかり変わってしまったことが分かっていても、その感情をどうしても手放すことができませんでした。私は10代の後半以降、母から酷い仕打ちを受け

⑴　(snaps) ジャガイモや穀物からつくられる蒸留酒。

たと感じています。母の行動がひどくて恥ずかしい思いをしましたし、父が亡くなった時に、父だけでなく母も「失ってしまった」と思っています。

　認知症になったのは母自身の責任ですし、それに対しても怒りを感じ、抑えることができませんでした。このような怒りを抱えているため、頻繁に母を訪ねようという気にはなれませんでした。それでも、母に会いたいという気持ちはなくしていなかったので、同じ町に住んでいたらもう少し頻繁に行くことができたかもしれません。

　会いに行っても、母の機嫌が悪い時には５分ほどで帰ることもありました。そんな時は、私も１日中気分がすぐれませんでした。

　認知症の人と会うと一方通行のコミュニケーションになりがちで、そんな人を訪ねるということは決して楽ではありません。それでも、母を訪ねると、これは自分の母なのだという感情がわきあがってきました。様々なことがありましたが、それでも母は母ですし、自分の目の前に座っているのが母で、昔と何ら変わっていないのです。しかし、もう普通の会話を交わすことはできませんでした。見た目は母のままですが、コミュニケーションがとれない、中身のない抜け殻のようでした。

　母の認知症の症状は、ほかの人と少し違っていました。母は、家族、友人、知人など昔から知っている人の顔は覚えていましたが、認知症になってから知り合った人のことは覚えられませんでした。例えば、辛いことですが、孫の顔を覚えることができなかったのです。孫はおばあちゃんであることを分かっていますが、母のほうは目の前にいるのが誰だか分からないのです。

　母と縁を切った時に４歳だった娘は私にそっくりですから母も顔を覚えられたのですが、成長するうちに母は誰だか分からなくなってしまいました。それゆえ、子ども達にとっても母とかかわることは難し

かったようです。昔は母も健常で、普通に生活していたと話しても、私の子ども時代の母との思い出を話しても、認知症の母しか知らない子どもには想像できなかったのです。

　母は認知症を患っていても、自分の住所、電話番号、誕生日などは覚えていました。テレビ番組の「ルゲユーレズ」(2)を見ている時には一緒に答えを考えますし、ゲームのルード(3)も上手に遊ぶことができました。また、ナーシングホームで歌を歌うことがあると積極的に参加していました。このように、母はほかの入居者とはかなり違っていたのです。

　ところが、ナーシングホームで過ごした11年間に母の症状は悪化し、行動が変容してきました。失禁することが増えるとともに攻撃的になり、ほかの入居者や職員に対して不快な行動をとるようになりました。すべてに対して後ろ向きになり、どんな活動にも参加しなくなりました。うつ状態に陥った時期もありましたし、罪悪感にさいなまれて子どもにしきりに会いたがる時期もありました。

　母に会いに行っても不快な言動があるので、誰もあまり母のところには行きたがりませんでした。私の弟か私が会いに行くといつも大喜びして満面に笑みを浮かべましたが、その喜びは長く続きませんでした。

　母の認知症の特徴は短期記憶障害で、20年前に起こったことは覚えていましたが5分前に起こったことは覚えることができませんでした。同じことを何度も何度も尋ねました。会いに行くといつも同じことを聞かれ、最低10回は繰り返すのです。

　ある日、私が母に会いに行った時のことです。母と挨拶してからちょっと部屋を出て用事をすませ、また部屋に入ろうとすると、母は私

---

(2)　(Lykkehjulet) 言葉当てゲームのテレビ番組。デンマークのTV2という放送局で1988年から2001年まで放映された。「Lykkehjulet」は「幸運の輪」という意味。
(3)　(Ludo) サイコロと駒を使う、すごろくのようなボードゲーム。

が久しぶりにやって来たと思って声をかけてきました。時間の感覚が失われていて、30分経ったのか、半年経ったのかがまったく分からないようでした。

　認知症の人も一瞬頭が明瞭になる時があるのですが、残念なことに、すぐに元の状態に戻ってしまいます。時々、「私はなぜナーシングホームに住んでいるの？」と母は私に尋ねました。そして、「ここが好きじゃないわ」とも言っていました。私は、お酒を飲んだせいで母の脳がやられてしまい、自分で生活することができなくなってここに入居したということを説明しました。

　ナーシングホームの職員に母の様子を聞いた時、母の言動に耳を覆いたくなるようなものがあって、ショックを受けることがありました。でも、これは病気のせいであり、私の母の本来の姿ではないと自分に言い聞かせていました。

　認知症を患ってからというもの、母にとっては屈辱的な人生と言えるでしょう。母の言動や他人に対する態度は恥ずべきものでしたが、病気なのだから仕方がないと私達は自らを納得させようとしています。

　母の認知症について感じている私の思いは、あらゆる感情が混じりあったものです。アルコール依存という無責任な行動で母が認知症になったことに怒りを感じていますし、私の人生には何かが欠けているという思いがあり、みじめな気持ちにもなります。

　私には、本当の意味での母がいませんでしたし、素晴らしい家族がこんな形で終わることに失望もしています。そして、そのように感じていることを恥ずかしくも思っています。

　身体は元気なのに認知症を患って長い月日を過ごさなければならなかったことは、大変辛いことだったと思います。母は生きていましたが、それでも、私の母は存在していなかったと言えます。

19 母親が認知症になるという体験

ビアギト・ハンスン（Birgit Hansen）
1941年生まれ。早期退職手当受給者。
1999年に認知症の86歳の母親を亡くす。

　母の認知症について語る前に、まず父の死についてお話したいと思います。
　1952年11月13日のことでした。いつもと変わらない一日が始まり、兄と弟と私は学校に行きました。父はフリーの画家で、弟子と一緒に11キロほど離れた小さな町に自転車で出かけていきました。そして、家に帰る途中に飲酒運転の車にはねられて亡くなってしまったのです。

平坦な国デンマークでは自転車利用者が多い

事故の5日前に39歳になったばかりでした。母も39歳で、私達子どもは9歳、11歳、13歳でした。一瞬の事故が、私達の生活を変えてしまったのです。

母は父の弟子達の食事の世話をしていましたし、さらに食料雑貨店の経営もしていました。パンが主な商品でしたが、おもちゃ、アイスクリーム、ソーダ水なども売っていました。父が亡くなっても、それまでと変わらず人生を歩み続けなければなりません。

ある時から、母は自分でパンを焼き始めました。母のパンはおいしく、しばらくして、店は小さな手作りパン屋さんになりました。私達がひもじい思いをすることはなかったと思います。

母にとって、夫の代わりになるものはありませんでした。それなのに、父の死後に、父のことやその死について話したことは一度もありません。父のことが話せないということはとても辛いことでした。時々、生活に疲れた様子を見せる母を見て、彼女の人生が決してバラ色でないことが私達にもよく分かりました。母自身も、自らの母親を6歳の時に亡くしたという辛い過去を背負っていたのです。

私達は、堅信礼をすませると家を出て自活することになりました。当時は、みんなそうしていたのです。のちに私は結婚し、実家から300～400メートルのところに新居を構えました。母が住んでいたのは、2世帯が住むことができる家の1階でしたが、兄は結婚して、母が住む家の上に住み始めました。

1966年に兄の住んでいた2階が少し焼けてしまったので、改築することになりました。その頃、母はクリーニング店で働き始めていました。その後、在宅ケアの仕事に移り、1980年に国民年金を受けるようになるまでずっと在宅ケアの仕事をしていました。

母は器用な人で、私達が子どもの頃は、時間が許す限り洋服を縫っ

たり編んだりしてくれました。自分が作るものに厳しく、大変几帳面に作っていました。弟は金属の細工職人になり、1968年にグリーンランドに渡りました。そこでグリーンランド人女性と出会って結婚をして、今でもそこに住んでいます。私達兄弟のなかで、専門教育を修了したのはこの弟だけでした。

診察を受ける

　母の認知症がいつ始まったのか正確に覚えていませんが、1986〜1987年頃だったと思います。物忘れがひどくなり、言い訳ばかりをしていました。とても怒りっぽくなり、時には悲しそうな様子も見られました。家族の顔が見分けられなくなったり、外出するにもかかわらず服を着るのを忘れたりといったことが目立ち始めました。着替えを忘れるということがしょっちゅうあり、次第に衛生上の問題が出てきました。こうして、すべてが悪い方向に進み始めたのです。
　母は、服も髪も常にきれいにしていないと気がすまない人だったので、その場にあったように身なりをきちんと整えることができなくなった母を見ると心がとても痛みました。身体的には非常に健康で、病気をすることがなく、ナーシングホームに入る直前まで自転車を乗り回すほど元気でした。
　母を医者に初めて連れていったのは1990年のことでした。ずっと前から連れていきたかったのですが、母は医者に行ったことがほとんどないために「行きたくない」と拒否していました。日常の片付けや掃除さえ自分でできなくなりつつあったので、少しでもホームヘルプを受けることができれば助かるだろうと私は考えていましたが、そのこ

とを母に話しても、まったく聞き入れてもらえませんでした。しかし、当時、腹痛が続いていたので、これがチャンスと思って医者に予約を入れました。どういう事情で受診するのかをあらかじめ話していたおかげで、診察は問題なくすみました。

　診察の結果、母には軽い糖尿病があることが分かりました。医者は薬を処方し、さらに母に、ホームヘルパーに少し来てもらったほうがよいのではないかと話しました。意外なことに、ホームヘルプを受けることに母は賛成したのですが、それがなくても一人で十分やっていけるとも言いました。それでも、とりあえずはホームヘルパーに来てもらうことになりました。

　最初は、掃除だけをお願いしていました。その後も糖尿病の治療のために医者へ定期的に通わなければなりませんでしたが、母は自分が健康であると言い張り、医者に行くのなら私一人で行けばいいなどと言い、説得するのが本当に大変でした。

　医者は、ナーシングホームへの入居が必要になるのも時間の問題だろうと言っていました。必要になれば、訪問看護師を派遣してニーズを査定するということでした。

　私がしばしば「制度」と呼ぶものに接触するようになったのはこの頃からです。それはいい経験でもありましたし、悪い経験でもありました。

・・・「制度」との接触・・・

　最初は、ちょっと奇妙でした。母にホームヘルパーが来たかどうかを尋ねると、母は「分からない」と答えるのです。調べて分かったことですが、ホームヘルパーは寝室の床だけ掃除をしているということ

でした。居間と冷蔵庫が一番大切なのでしっかりと掃除してほしいのですが、母は自分でできると言ってヘルパーに触らせなかったのです。しかし、母は自分で居間や冷蔵庫を掃除したことはないのです。私はとてもフラストレーションがたまり、母がホームヘルプで受けているサービスが十分だとは思えませんでした。

　扱いが難しい問題がますます増えてきて、私の精神状態も悪くなっていきました。物がなくなったと主張することが増え、電話をかけてきて、「財布がなくなった、たぶん盗まれたのだと思う」と言います。母をなだめて、きっと出てくるだろうと言うのですが、同じ日に何度も電話をかけてきました。

　「そちらに行って、一緒に探してあげようか」と言うと母は喜ぶのですが、私が行くと、「財布は紛失していない。電話もかけてない」と言い張るのです。30分後にまた同じことで呼び出されたら嫌なので、私は必死で探しました。すると、「物を散らかすな」と言って私に怒鳴り散らすのです。

　毎度のことですが、財布を見つけるのはとても難しいことでした。ある時には、財布がハンカチに包まれた状態で、母のほこりっぽい洋服カゴの底から出てきたことがありました。何でも小さな包みに入れて、紐で巻きつけてしまい込むという癖を母は身に着けてしまったようです。母の腕時計がマッチ箱に入れられていたこともあり、あやうく捨てるところでした。

　1990年5月、パーマをかけてもらうために母を美容室に連れていきました。美容師さんに、「私が迎えに来るので、それまで母が店から出ないようにしてください」とお願いしていたのに、迎えに行くと母がいませんでした。髪を切るのはよいが、パーマは嫌だと美容師に言ったらしいのです。

美容師は母の行き先を知らなかったため、私は3時間も歩いて町なかを捜し回りました。車に乗って捜すことはできませんでした。なぜなら、私の車を目印に母が帰ってくるかもしれないからです。何度も、車のところに戻っていないかを確かめました。
　私の心は、不安、苛立ち、フラストレーション、怒りでいっぱいでした。どうして私がこんな目に遭わなければならないのだろうと、やるせない気持ちになっていました。
　ふと、母がバスに乗ったのではないかと思い付き、バス停に行ってみると予想通り母がいました。何も知らずに乗り込んできた私に、「一緒にバスに乗るの」と母は聞きました。母を見つけた喜びは、不安といらだちでかき消されてしまい、思わず母に怒鳴ってしまいました。
　そんな育てられ方はしていないはずなのですが、我を忘れていたのです。あとで強い罪悪感に苛まれ、可哀想なことをしたと反省しました。怒鳴ったことを覚えているのは私だけで、母はすぐに忘れてしまっていると分かっているのですが、私の罪悪感は消えませんでした。
　私の弟が夏休みに母を訪ねた時、母が請求書の支払をしていないことを発見しました。なぜか電話料金だけは支払われていたのですが、あとは未払いのままで、督促状が来ていました。これ以上、母が一人ですべてをやっていくことはできないと私達は悟りました。でも、それを母に説明して説得するのは至難の業でした。
　やっとの思いで切り出すと、案の定、母は不機嫌になり、悲しそうな様子を見せました。何年にもわたって自分一人でやって来た母の人格を踏みにじるような行きすぎた行為をしているのではないかと感じ、自分も不愉快な気持ちになりました。一線を越えて母の人生にやむなく干渉するたびに、気分が悪くなりました。
　母の書類を管理するのは弟の役目となり、郵便局に依頼して、母の

郵便物はすべて弟のところに届けてもらいました。郵便受けに入れられるのは広告だけになりましたが、母はまったく気づきませんでした。
　ある時、母の通帳がなくなり、私達はすぐに銀行に紛失届を出しました。母は盗まれたと主張しましたが、私達は信じませんでした。母がナーシングホームに入ってから母のマンションを整理していると、案の定、通帳が出てきました。1970年代のスケジュール帳の間にはさんだ状態で、机の引き出しのなかに入っていました。
　最も困るのは、母が何を食べているのかが分からないことでした。冷蔵庫のなかをのぞかせてもらえないので、母が見ていない時にこっそりと見ました。食料がたくさん詰め込まれていて、賞味期限切れの古い食品もたくさんありました。ゴミ袋に入れても母はすぐに拾って冷蔵庫に入れるので、家の外に出さなければなりませんでした。洗濯物についても同じで、母の汚れ物はすぐに家に持って帰りました。
　1990年11月13日の私の日記には、次のように書いてありました。「母を連れて医者に行った。悪夢のようで、一日中不快な気分だった。私はひどい頭痛に苦しみ、その痛みは10日間続いた」
　14日の日記には、私が母を連れて美容室に行ったと書かれていました。車のところに行くと母は、私より運転が上手だから自分が運転すると言いました。少し話をし、私は母に「これは私の車だから自分で運転するわ。また、今度運転してくださいね」と言いました。納得して車に乗り込みましたが、実は母は免許証を持っていなかったのです。

••• コミュニケーション不足 •••

　1991年9月、私は市の訪問看護師のリーダーに電話をかけました。

その頃の私はすっかり絶望しており、これ以上はやっていけないと思っていました。ホームヘルパーと訪問看護師がいつ母のところに来て、何をしているのかを知ることができなかったのですが、それはコミュニケーション不足が原因だと考えました。もちろん、母に聞いても何も分かりません。
　ある時、母の家で新入りのホームヘルパーに偶然出くわしたことがありました。そのヘルパーは母に、「掃除用のふきんがないわ。どこにしまったの？」と聞いていました。母の状態がまったく理解できていないことにあきれた私は、市の在宅介護部に連絡をして話さなければならないと考えたのです。
　市の訪問看護師のリーダーに電話をして、私達が抱えている問題を話しました。「制度」と患者の間のコミュニケーションが不足しているということを指摘しました。とても理解のある人で、彼女が統括するグループの看護師とホームヘルパー全員を呼んでミーティングを開いてくれたのを見て、思い切って話してよかったと思いました。その後も、看護師とホームヘルパーと私で時々会って、いろんなことを話しましょうと約束してくれました。生活がスムーズにいくように、あらゆることについて話すことにしました。
　夕食は近くにあるナーシングホームから配達されていましたが、母はそれをどこかに置いたままにして、食べるのを忘れてしまうことがありました。認知症になってからも自分でジャガイモを茹でていたのですが、鍋に何も入れずに火にかけることが何度もありました。
　できないことが多くなってきて、コーヒーを入れることもできなくなりました。ガラス容器に水を入れたままにしていたり、ドリッパーを保温盤に直接置いたりすることがあったのですが、自分ではなぜコーヒーができないのか不思議に思っていたようです。

デンマーク人にとってコーヒータイムは大切な時間

　私がコーヒーを入れようとすると、自分がずっと前に入れたといって私に怒ることもあって悲しい気分になりましたし、フラストレーションもたまりました。また、フランスパンにバターを塗ったものが大皿に16切れも並べられていたこともありました。
　ささいでばかばかしいことにショックを受けることもありました。母のところに立ち寄った時のことですが、私の弟とその家族が写った写真がソファテーブルに置かれていて、その周りにコーヒーカップ、パン、ジャムが並べられていました。コーヒーカップにはコーヒーが入っていて、母は写真に写っている小さな女の子にティースプーンでジャムを食べさせようとしていたのです。
　私が入っても、まったく気づきませんでした。母が写真に話しかけている様子を見ていると、気分が悪くなってきました。私に気づくと、「おや、来ていたのかい？」と言いました。母は、私が誰かよく分かっていなかったようです。それでも私は、「食器洗いを手伝いましょう」と言いました。コーヒーを飲んだあとには片付けが必要ですから。

1991年12月、インタビューを依頼されました。4人の看護学校生からの依頼で、認知症の人をもつ家族についてレポートを書くために体験談を聞きたいということでした。

　認知症の人を抱える家族のことが一般にあまり知られていない状況を危惧していた私は、いい機会だと思って承諾しました。しかし、想像以上にきついことでした。当時、隠せないぐらい辛い思いをしていた私は、案の定、話しているうちに泣き出してしまったのです。しかし、4人の看護学校生は優しく接してくれたので、彼女達の課題作成に貢献できてよかったと思っています。

　インタビューでは、認知症の人の家族として支援を受けたことがあるかとか、どんなサービスを望むかといったことを質問されました。精神的に混乱した状態にある時に、そのような質問に答えるのはさすがに困難でした。あとで考えたことですが、私が望んでいたのは、こちらから依頼しなくても訪問看護師が時々様子を見に来てくれることでした。そうすれば、自分の気持ちについて話すことができるからです。実際は、そんなことをするだけの人手の余裕はないでしょうし、そんなことが必要だという考えもなかったでしょう。

　母が私を誰だか分からなくなった時には、とても寂しい気持ちになりました。私を母の妹とまちがえるようになり、鏡に映った自分と話していることもありました。私が立ち寄ると、鏡に向かったまま、妹が来たけれども一緒にこちらに来るかと尋ねているような時もありました。そんな時、私は母の手をとって居間に連れていきます。すると、母は寝室に戻り、鏡のなかの自分に向かって、「あなたはなぜ一緒に来ないの」と尋ねていました。

　ある時、ホームヘルパーが家のガス栓が開いたままになっているのを見つけました。それ以降、私達はガスが使用できないように手配を

しました。また、鍵がなくなったり、暖房を切り忘れたりといったことが相変わらず続きました。

ホームヘルパーは大変で、難しい仕事をしてくれていると思います。私がヘルパーに依頼したことは、すべてしてもらいました。

しかしです！

医者や看護師と話す機会があるたびに、「母をナーシングホームに入れてほしい」とほとんど懇願するように私はお願いしたのですが、返ってきた答えは、「彼女にとっては自宅で暮らすのが一番よいでしょう」というものでした。「彼女は自宅にいても孤独なわけでもないし、問題なのは彼女ではない」と言うのです。それ以上は言いませんでしたが、彼らが言わんとしていることは分かりました。また、別の時には、彼女をナーシングホームに入れたいのは私自身の都合だろうとはっきり言われました。

私の私生活はすっかりみじめなものになり、常に重圧に苦しめられながら生きていくという状態になってしまいました。私のフラストレーションと無力感を理解してもらいたかったです。また、母をナーシングホームに入れてほしい気持ちを理解してくれたうえで、「空きがないから今は無理だ」と言ってもらえたならば納得ができたと思います。今でも、あの時のあのような対応は酷すぎると思っています。

認知症専用ユニットへの入居

母は1993年3月末、ナーシングホームの認知症専用のユニットに入居しました。「ここまでよくやってきましたね」と、職員達が肩を叩いてねぎらってくださいました。

このナーシングホームで、母は幸せな7年間を過ごしました。もちろん、その間に状態は悪くなりましたが、母と私がナーシングホームに到着した時に感じた安心感、快適さ、温かさは、一時的なものではありませんでした。
　入居後、落ち着いてくると、母は生活を楽しみ、すっかり花開いたようでした。食器洗いやジャガイモの皮むきなど、ちょっとしたお手伝いをできる範囲内で母はしていました。職員達は本当に忍耐強く、母にとてもよくしてくれました。ナーシングホームでの生活についてはいくらでも書くことがありますが、ここでは短くまとめることにします。
　このナーシングホームでは、辛そうな様子を見せれば、職員達は必ず慰める言葉をかけてくれます。母の状態に何か変化があれば、それが身体的なことでも精神的なことでも、すぐに私に連絡をくれました。
　私は辛く困難な日々のなかで、自分自身によく問いかけました。「母が亡くなったら、私はどう感じるのだろうか」と。
　きっとその頃には涙は残っていないと思いました。母がナーシングホームに入居した時、次のように話したことがあるのですが、私の感情をこれほどうまく言い表す表現はほかにありません。
「父が亡くなった時は辛かったです。でも、母をこのように徐々に残酷な形で失っていくことは、言葉にできないほど辛いです」

　母が息を引き取る時、弟と私は母の手を握っていました。私が望んでいた通りの別れ方でした。とても悲しい別れでしたが、穏やかな別れでもありました。亡くなったのは1999年12月4日で、享年86歳でした。悲しみや喪失感を乗り越え、私はもう元気になりました。長い間頑張ってきたのだから元気になってもいいのだと、自分で自分に言い聞かせています。

20

日に日に遠くなっていく

セーアン・B・アナスン（Søren B. Andersen）
1963年生まれ。高等学校教員。
69歳になるアルツハイマー病の母をもつ。

「私の母は認知症です。アルツハイマー病なんです！」
　このセリフを言うことにも、だんだん慣れてきました。69歳の母は、4年前からアルツハイマー病を患っています。そのことが、私の人生にどのような意味をもつことになるのでしょうか。
　「私」は38歳の男性です。今が一番充実した時期と言えるでしょう。いたって健康で、順調な人生を歩んでいます。大学卒で高等学校教員をしていて、恋人はとても美しい女性です。経済的にも十分保証されています。このように、素晴らしい人生を完成させるだけの条件をすべて持ち合わせているのが「私」なのです。
　母がアルツハイマー病を患ったということが、このように恵まれた人間にどんな影響を与えると思いますか。想像以上に大きな影響を与えるものです。
　母は、もはや一人の大人として付き合うことができる人間ではないのです。40歳近くになっても母親に話したいと思うことがいろいろあるのですが、それもできません。母は日に日に遠くなっていく存在で、いつかは「植物人間」のようになって、一人で生活することができな

い状態になってしまうことを私は知っています。

　他人から食事を与えられ、入浴介助や排せつ介助を受け、周囲で起こっていることや周りにいる人がまったく分からない状態。多くの人間は、人生の最終段階で急激に状態が悪くなりますが、それは決して美しいことではありません。さらに、母のようにアルツハイマー病にかかった人は、早い段階で急激に状態が悪化し、それが長い時間をかけて悪化し続けていくので本人と家族の人生にとても重くのしかかることになります。

　アルツハイマー病患者の家族であることが何を意味するのかを語るために、この病気が日常生活にどのように現れるのか、そしてアルツハイマー病患者と長い時間を過ごすことがどのようなことであるかをお話したいと思います。

　病気の特徴としては、記憶障害、見当識障害(1)、集中力の低下、自己統制能力の低下、嗜好などが幼少時のものに変化するということが挙げられます。さらに、多くの精神疾患と共通するのですが、人格のある一面が特に強く目立つようになることがあります。その一面は、必ずしも「よい」面とは限りません。

　これらの特徴のすべてが、母の症状にも様々な形で現れました。まず母は、自分が病気であることを認めていません。私達子どもが言っても、「それは事実ではない」と主張しています。地域の高齢者センターに行ってみたらとすすめても、「そんなところには年をとった人しかいないし、みんな何もせずにただ他人の話に頷いているだけだから行きたくない」と言います。オルボー県立病院の認知症科の受診をすすめても、「そんな診察など受ける必要はない」と言うのです。また、県の訪問看護師が週1回訪問してくれるのですが、それも「時間の無駄」だと母は言いました。

医者や歯医者の予約を忘れても、自分は忘れたことがないと言い張り、もしそういうことがあるのならすべて医者達の責任だと言うのです。銀行の通帳をどこかに忘れてきても、それは自分が忘れたのではなく、「あなた達が取った」と言うのです。

　家事のほとんどができなくなったにもかかわらず、母はそれを認めようとはしません。父が代わりに家事をするようになったのですが、母は、「自分は苦労して人生を歩んできたけれども夫は何もしなかった。だから、夫が今、家事をしてもそれは当然のこと」とまで言いました。

　母が家事を手伝うこともあるのですが、そういう時には周りの人がケチをつけると大変なことになりました。食器洗いの際にただ水で流しているだけであっても、洗濯の際に汚れた衣服をただ集めてきて「洗ったからきれいになった」と言っても、誰も余計なことを言ってはいけないのです。

　家事は、母が昔からしている方法でしなければなりません。食事も同様で、ハンバーグ、ミンチカツなどの伝統的なデンマーク料理のように、母が子どもの頃から食べ慣れているメニューでなければなりません。病気が進行するにつれて甘い物を欲しがるようになり、どんな料理にも甘酢漬けのカボチャを母は添えたがりました。

　毎日、母はぼーっとテレビを見て過ごしています。単純明快な海外ドラマ『炎のテキサス・レンジャー』[2]や古いデンマーク映画、そして分かりやすいクイズ番組などを見ています。外出するのはパン屋に行

---

(1) 時間や場所、周囲の状況など、自分が置かれている状況を正しく認識できない状態。
(2) (Walker, Texas Ranger) 1993年～2001年にアメリカのCBSネットワークで放映されたアクションドラマ。派手なアクションで人気を博して大ヒットし、世界各国で放送された。

高齢者の記憶を刺激するために、古いコーヒーポット、
コーヒーカップ、絵本などを集めて並べる

く時だけで、それ以外は家から出たがりません。元気な時には大好きだったルゲン（Løkken）にある別荘にも行きたがりません。一人になると怖がるので、父がマンションにいてずっと一緒に過ごしています。

••• 一瞬のきらめき •••

　不思議なことに、時々、母が急に光がきらめくように頭が冴えて、自分自身や私達の状況を明確に把握できる瞬間があります。でも、残念なことに、そのきらめきはすぐに消えてしまいます。ほかにも、奇妙なことですが、母が突然若い頃に戻ったようになることがあります。昔のことですが、母が突然、私と一緒にオルボー・スタジアムにサッカーの試合を観に行きたいと言い出したことを思い出したのです。母の弟が「エスビェア」というチームでプレイしていたので、その頃、

母はサッカーを観に行くことが大好きでした。

　言うまでもなく、父の人生は明るいものではありません。家に縛り付けられ、常に将来の不安と恐怖から逃れることができないにもかかわらず、母からは感謝の言葉すら聞かれない状態です。それどころか、30年間の結婚生活で築いてきた関係をいとも簡単に傷つけていくのです。

　残念なことに、母の場合、母のもつ長所ではなく、人格的な短所がどんどん顕著になりました。両親の置かれている状況を目の当たりにしているので、私はジレンマを抱え、疑念や羞恥心も感じています。自分には未来があるのだから、自分の人生についてもっと考えなければならないのだと、自分に言い聞かせるように努力しています。

　両親は永遠に生き続けるわけではなく、長くてもあと20年ほどの命でしょう。私は、自分自身の人生にも責任をもたなければなりません。でも、なかなかそのように考えることができないのです。自分がもう若くないことも、人生がこんなに惨いものであることも、なかなか認められないのです。

　すべてのことに疲れると、無力さを感じ、頭のなかを様々な考えが駆け巡ります。私は、両親のために人生を犠牲にしない。両親は、自分達で何とかしなければならない。行政も手を差し伸べなければならない。このように、私は自分を防御する術を次々とつくり出そうとします。子ども時代のことを思い起こし、父と母が親として不適切なことを私に対して行った記憶を呼び起こそうとします。それを思い出すことによって、自分の考えを正当化しようとしているのです。

　それでもうまくいきません。受け継いだ血は水より濃いのです。両親を助けたいし、助けなければ罪悪感に苛まれます。しかし私は、両親に電話をかけるのが億劫になっています。もし、母が電話に出たら、

母に対する憐みの心が沸き起こってくるだろうと思うからです。母が意味のない行動をしても、母が私の仕事や職場について27回も同じ質問をしてきても適当に受け流せばいいのに、どうしてこんなに苛立つのでしょうか。

　私は一方で、母が行儀の悪いことをしても注意できない臆病者で、自分を情けなく思っています。また私は、母の病気にまっすぐ向きあうことができず、それを悲しく、恥ずかしくも感じています。そして、それ以上に情けないのは、病魔に襲われて闇に向かっているのは母であるにもかかわらず、自分のほうが酷い目に遭っていると感じていることなのです。そんな私も、昔の母に会いたいと思っています。

　これほど医療が進歩した現在でも、まだアルツハイマー病は憎むべき不治の病なのです。アルツハイマー病はまた、かかっている人の家族や近くにいる人を疲弊させる恐ろしい病気でもあります。

　それに、本人よりも家族のほうが先に亡くなってしまうことがよくあります。アルツハイマー病は、人間の尊厳をものすごいスピードで残酷に、情け容赦なく奪い取ってしまいます。アルツハイマー病の人は増える一方であるのに、病気についてはまだよく分かっていません。月並みな言い方ですが、治療法が見つかるよう、アルツハイマー病についてもっと研究を進めてほしいと率直に願っています。

　誰もが年をとりますし、いつかは命を終えます。しかし、こんな不快な病気のおかげで、多くの人々が尊厳をもってこの世を去ることができないなんて、どう考えてもおかしいと思います。ただただ悲しいです。

21 母も同じくらい苦しんでいる

リス・ソーラリンソン（Lis Thorarinsson）
1961年生まれ。人事コンサルタント。
65歳になる認知症の父をもつ。

　最初は、父のことが心配でした。それから母のことを心配し、ずっとあとになって、私自身も悲しみを抱えているのだということに気づきました。

　まず、私達の家族を紹介したいと思います。私は40歳で、夫と娘が2人います。42歳の私の姉は、結婚してスウェーデンに住んでいます。母は63歳で父は65歳です。父と母は16～17歳の頃に出会い、誠実で愛情に満ちた結婚生活を送ってきました。私達姉妹の子ども時代を振り返ると、私達の家族は何でもオープンに話していました。誠実さを大切にしていましたし、愛し合い、尊重しあっていましたし、いつも笑いの絶えない家族でした。

　家庭では、他人に自分の要求を伝えることも学びました。裕福ではなかったのですが、母は専業主婦で仕事をしていませんでした。両親はいつも社会に積極的にかかわろうと努力をしていて、私達の学校の運営や職場の労働組合、政治の場でも熱心に活動をしていました。このような家庭で私達が学んだことは、他人にオープンな態度で接すること、すべての人を愛すること、権威に媚びないこと、自分の権利を

主張して義務を果たすことの大切さでした。それはのちに、父の病気に対処するうえで大きな力になったと思います。

　すべては約10年前に始まりました。父は消防士長だったのですが、失敗することやうまくいかないことが増えてきて、記憶力も低下していきました。何かがおかしいと最初に思ったのは父自身でしたが、父の同僚もそれらの変化を感じていました。長い付き合いの同僚ばかりだったのですが、父の物忘れがひどくなったので、その後始末ばかりをしていたのです。

　半年ほどしてから、何とかしなければならないと父は考えました。こんなに物忘れがひどくては人命救助に影響があるため、病気休暇を取ることにしたのです。

　休暇中、病院で検査をしました。かかりつけの医者を数回受診し、やっと病院に紹介状を書いてもらうことができました。血圧を測ったり、たくさんの専門医の問診を受けたりしましたが、「年齢のわりにはとても健康で身体が丈夫」という診断が出て、父が真のスポーツマンであることが改めて証明されただけでした。

　しばらくすると、さらに記憶力が悪化してきました。両親はまた受診し、今度は臨床心理士と神経科医に診てもらいました。そして、ついに認知症やアルツハイマー病に詳しい専門家を見つけて検査をしてもらい、父には「特に短期記憶障害が見られる」(1)という所見を得ました。消去法で判断して、父はおそらく若年性認知症であるという診断を受けました。その時、父は56歳でした。

　その事実を受けて母はすぐに仕事を辞め、父の世話に時間を費やすことにしました。母は認知症やアルツハイマー病に関する本をたくさん読み、アルツハイマー病協会（224ページ参照）に連絡をとるなど、父の病気に対応するためにかなりの努力をしました。

仕事ができなくなってしまった父は、早期年金を申請するために医者のところに行きました。父は就労能力がまったくなくなったため、高額の早期年金がもらえるだろうと言われました。しかし、申請してみると、様々な手続きを経た末に高額の年金申請は却下されてしまったのです。その頃、仕事を辞めていた母は失業保険も受けていなかったので収入がまったくありませんでしたが、「制度」と闘う時間はありました。

　母はまた医者のところに行って、「早期年金の再申請をしたい」と話しました。医者は、当局の年金額の決定をくつがえすことはほとんど無理だと経験から知っていたので、「難しいだろう」と言いました。しかし、母が強く要望したため、当局は申請を再検討することになり、1年かかってついに父に早期年金の最高額が支給されることになりました。お母さん、よくやった！

••• 想像以上に深刻 •••

　その間、私がどうしていたのかをお話ししたいと思います。母が仕事を辞めた時に、事態は想像以上に深刻であるということに気づきました。また、父の短期記憶障害についても私は気づいていました。車を運転すると道が分からなくなるし、交通標識さえ見分けられないことがあったのです。

　父は、同じことを何度も繰り返して聞いてきました。私はこれまで両親に、自分の悩みを打ち明けるなど何でも話してきたのですが、そ

---

(1) 131ページの注を参照。
(2) 123ページの注を参照。

んな時、私がさっき話したばかりのことを父が聞いてくることがあったのです。それで、父はさっき話したことをすぐに忘れてしまっているということに気づいたのです。自分にとって大切な話をしている時にこんなことがあると、本当に落胆するとともに怒りさえ感じるようになりました。私にとって大切なことを覚えてくれていないということは、私に関心がないのだとまで考えてしまい、それまでに経験したことのない心の痛みを感じました。
　すぐ忘れて、何度も同じことを繰り返す父に対して、きつく当たってしまうということもありました。そして、苛立つたびに罪悪感に苦しめられました。父に怒りを感じるなんて、自分はなんて哀れな人間なのだと思いましたが、母もその頃は同じような思いをしていたのです。父を不憫に思う気持ちと苛立つ気持ちが交互に現れ、そのうえ、父は私達に無関心だとまで感じてしまっていたのです。
　その後、２～３年の間に父の病気は徐々に悪化していきました。認知症の家族がいると、何か楽しいことを一緒に心待ちにするということができません。姉家族が暮らしているスウェーデンの古い農場に遊びに行くことになっていても、母はわくわくする気持ちを父と一緒に分かちあうことができませんでした。私の家族が両親のところに遊びに行くことになっている時、母が「リスが家族と一緒に今夜夕食を食べに来るわよ」と父に話しても、５分後には父は忘れてしまっているのです。
　夫婦にとって、何かを一緒に心待ちにするということは大切なことですが、両親にはそれがまったくできなくなったのです。その頃、父は２～３年前に起こったことや子ども時代のことはまだ思い出せましたが、最悪なことに、父に対して次のように言ってしまったこともあるのです。

「昨日、散歩していた時に友人のスキョルに会ったことを覚えてないの？」

そんな最近のことを、父は覚えていないのです。思い出せないと父は混乱して、自分が覚えていないことを悲しむので、その日に起こったことや1時間前に起こったことなどは決して父には話さないほうがよいのです。

両親は私の家の近くに住んでいたので、娘達が生まれた時からよく面倒を見てくれました。母は仕事が早く終わると保育所まで子ども達を迎えに行ってくれましたし、娘達も両親にはとてもなついていました。父の認知症を一番早く理解し、受け入れたのは娘達でした。父をどう扱えばよいかということはあまり考えず、直感的に父と接していたのです。娘達も、父のように「今」の瞬間を生きるタイプなのでしょうか。

・・・ 家族の会で ・・・

母と私は、一時期、認知症の人を抱える家族の会に参加していました。父が発症してから2年ほど経った頃で、父はまだ元気でした。そこで、ほかの家族の話を聞いて私達はショックを受けました。例えば、ある高齢の男性には認知症の妻がいて、自分が介護できないからナーシングホームに入れたことに心を痛めていました。

妻の所に毎日通っているのですが、帰り際には必ず妻が泣くので、「自分は妻に対してなんてひどい仕打ちをしているのかと思って辛くなる」と話していました。なんて可哀想な人達でしょう！

また、別の女性は、夫をナーシングホームに入れたことを正当化し

たいと思っているようで、夫が家にいた頃がどれほど大変だったかということを話していました。

　このような集まりに数回参加したのですが、得られるものはあまりないと感じたため、途中でやめてしまいました。父の病気のことをしっかりと受け止められるようになっていましたし、母とも悩みを話し合えるし、姉だっているので、それ以外の人に話を聞いて欲しいと思うことがあまりなかったのです。

　私の夫は、私と両親をずっと全面的に支えてくれました。以前から私の両親と仲良く付き合ってきた夫は、父の発症後、私が両親との時間をとれるようにあらゆる配慮をしてくれました。夫はまた、定期的に父と夕食を食べるなど、一緒に過ごすように努力もしてくれました。

　その間に、母と私は家族グループの集まりに出たり、町に出ておいしいものを食べておしゃべりをしたりすることができたのです。私自身の「基地」である家族からのサポートは、私にとって本当に大きな意味がありました。

　数年後、父の症状は悪化し、投薬が必要となりました。忘れてしまうことや理解できないことが多くなり、父の不安感がますます高まってきたのです。

　父の被害妄想がひどくなった時期もありました。自分の物が見つけられないため、誰かが盗んだとか、隠したなどと言うこともありました。また父は、ほんのちょっとしたことさえできなくなってしまいました。ある時、温度計を窓に貼ってくるように頼んだのですが、何と父は、自分の頭に温度計を貼り付けてしまったのです。

　車の運転ができなくなったので、母はさらに大変になりました。というのも、父はこれまでに普通車、バイク、トラック、消防車、バス、タクシーなどのあらゆる車両を運転してきただけに、父の生活におい

て運転が占める割合があまりにも大きかったからです。そこで母は車を売却し、まったく違うタイプの車を購入しました（大型のサーブから小型のポロに買い換えました）。そして、「この車は私のだから運転をしたらだめ」と父に話し、納得させました。将来起こりうる事故を避けるための最良の方法だったと思います。お母さん、よくやった！

　父は一人でできることが少なくなり、ますます母に依存するようになってきました。24時間、ずっと母のそばにいるのです！

　ある朝、母が棟の向こう側にあるランドリー室へ洗濯に行って帰ってきたら、父がいなくなっていました。冬だったので、外の気温はマイナス8度でした！

　午後3時になっても父が見つからなかったので、母が私に電話をかけてきました。私は警察に電話をしましたが、「行方不明になってから24時間経たないと助けられない」と言われました。そこで、できるだけたくさんの人に連絡をし、一緒に捜してもらうことにしました。町に住んでいる知人全員に電話をし、「父を捜すのを手伝ってほしい」と頼みました。そして、家に戻ってから母に尋ねました。
「お父さんが行きたくなってしまうような場所はない？」

　すると母は、かつて父が「アマー（Amager）に住む弟のところに自転車で一緒に行ってみないか」と言ったことを思い出しました。その時、母は「まだ雪が積もっているから無理よ」と答えたらしいのです。

　携帯電話を持って、自転車を車に乗せて、私はアマー芝生公園（Amager Fælled）に父を捜しに行きました。外が暗くなってくると、捜しきれないほどアマー芝生公園が大きく感じられました。

　コペンハーゲン・ラジオなどの様々な地方ラジオ局にも連絡し、父の情報を流してもらいました。そのおかげで、父の昔の同僚や友人が

コペンハーゲンの公園

たくさん連絡をしてきて、「捜索の手伝いをしたい」と申し出てくれたのです。私達は友人のありがたみを感じ、温かい気持ちになりました。

夜8時、ようやく一人の男性から、「ベラ・センター[(3)]の裏の工事現場に凍えた男性が混乱した様子で立っている」という電話がかかってきました。その凍えた男性が、名前と電話番号を書いたメモを持っていたのです。

この事件で私達は、たとえ5分でも父を一人にして家に残してはいけないということ、そして名前と電話番号、それから認知症であるということを書いたメモを常に持たせておかなければならないということを学びました。

・・・ さらに束縛される ・・・

母は、さらに束縛されるようになりました。この頃、父よりも母に

対する心配のほうが大きくなってきました。母は見るからに疲れていて、胃潰瘍が悪化していることも分かっていました。心から愛しているのに、徐々に自分の手の届かないところに離れていき、空虚な抜け殻のようになってしまった父と一緒に生活することは、母にとっては想像以上に過酷なことでした。

母の喘息も悪化してきたので、私は母にショートステイの利用をすすめました。しかし母は、「病気や症状を知り尽くしている自分と一緒に過ごすのが彼にとっては最良の選択肢なので、少なくとも今は他人に介護を任せたくない」と言いました。そこで私は、週に1回は仕事を早く切り上げて父の世話をするから、その間に趣味の手作りアクセサリー教室に行けばよいのではないかと提案しました。

母も賛成してくれたので、それ以降は、週1回、午後に父を迎えに行って長い散歩に出掛け、私の家に戻って子ども達と遊び、食事を作りました。しばらくすると母がやって来るので、みんなで一緒に食事をしました。父と2人きりの時間を楽しむことができた私にとっても、よい提案だったと思います。それまでは、いつも母が一緒だったので、

認知症があっても住み慣れた地域で家族と一緒に暮らす

---

(3) (Bella Center) コペンハーゲンの南部、アマー島にある大規模なコンベンション・センター。2009年12月には国連気候変動枠組み条約第15回締約国会議（COP15）の会場となった。

父とあまり話ができなかっただけに楽しかったです。

　母には休息が必要だと感じていたので、私達は市のサービスにどのようなものがあるのかを調べました。アルツハイマー病協会にも連絡をとっていたのですが、ショートステイサービスは市が実施しているサービスしかないということが分かりました。しかし、認知症の人の大半が非常に高齢で身体機能が衰えているために要介護度が高い人が優先され、父は市のサービスを利用することができませんでした。

　母は高齢者問題全国連盟が運営する認知症の人を抱える家族の会の集まりや、認知症の人と家族向けのカフェ・プログラムに参加したことがあったので、その経験から、父と同様に元気な認知症の人が利用できるショートステイを必要としている人がほかにもいることを知っていました。そこで、要望を伝えることにしました。

　市議会の社会福祉委員会委員長や市長、市の認知症コーディネーター、社会福祉局とも話し合いを何度もしました。その結果、1年後に私達が望んだ通りのサービスが実施されることがつい最近決定されました。サービスの開始はこれからですが、父がそのサービス利用者の第一号になるだろうという話を耳にしました。もっとも、その噂が本当かどうかはまだ分かりませんが。

・・・　音楽とダンス　・・・

　現在の状況ですが、父はほとんどすべてのことに介助が必要となりました。トイレに行くにも、靴を履いたり衣服を着たりすることも一人ではできませんし、他人との会話もできません。常に自分の世界に閉じこもっていますが、私達が微笑みかけたり手を握ったり、あるい

は別の形で父が大好きであることを示したら、嬉しそうな表情を見せます。

父はその場の雰囲気を非常に敏感に感じ取り、例えば、私が子どもを叱りつけていたら不安そうで落ち着きがなくなります。しかし、私達が楽しそうにしていれば父も楽しそうにします。

父は、もう私達が誰なのかも分かっていないようですが、私達が父を大好きであるということや、周囲に温かいサポートがあるということは感じているようです。

そんな父にも、まだできることがあります。それは、音楽を楽しんだりダンスをしたりすることです。両親はともにジャズとロックが大好きでしたし、ジルバを踊ったりもしていました。その感覚が、父にもまだ残っているようです。

今でも音楽を聴くのが大好きですし、ジルバも上手に踊ります。本当に信じられないほど上手ですし、素晴らしいと思います。2人とも地域のジャズクラブのメンバーなので、集まりがあると一緒に音楽を楽しんで踊っています。母には辛いことですが、次の日、父はそのことをすっかり忘れています。

父は病気の最後の段階にさしかかっていて、死期がかなり近づいていると、私は覚悟しています。日々、そのことばかりを考えてしまいます。父が亡くなれば母は人生をもっと楽しむことができるだろうし、私達も母ともっと楽しく付き合うことができるだろうと心待ちにして

---

(4) （Ældre Sagen）デンマークの全国規模の高齢者組織。会員数は50万人を超えている。会員から集めた会費を主な資金とし、高齢者の利益を守るために非常に多様な活動を行っており、高齢者分野で強い影響力をもっている。ロビー活動を推進しており、行政に働きかけ、積極的に提言を行い、高齢者福祉分野の見張り番といった役割を担っている（詳細は、石黒　暢「第51章　デンマークの社会福祉事情(2)高齢者の全国組織とボランティア」313〜317ページ、『デンマークを知るための68章』村井誠人編著、明石書店、2009年所収、を参照のこと）。

いる気持ちもありますが、その一方で、父が大好きなので亡くならないでという気持ちももっています。

　父がもうすぐいなくなると考えると、心が張り裂けそうに苦しいです。元気な頃の父を思い出せなくなることを、私はとても恐れています。時間とともに、病気に苦しんだ父の最後の年月を心の向こうのほうに押しやって、元気で賢くて生き生きとした父、社交的で愛情深い父を記憶に留めておけるようにしたいと思っています。

夕暮れの田園風景

22

暗闇がゆっくりと夜を覆う時

ハネ・ブラント（Hanne Brandt）
1940年生まれ。ジャーナリスト、作家。
1997年に認知症の81歳の父親を亡くし、
1999年にアルツハイマー病の78歳の義母を亡くす。

「親愛なる友達よ、私は願う。あなた方が老人の目に浮かぶ涙を見ずにすむことを。老人の白髪頭があなた方の胸に寄りかかって支えを求めた時、あるいは、老人の手が無言の祈りのうちにあなた方の手を握る時、あなた方が困惑しないことを。あなた方に癒しようのない悲しみに老人が沈むのをあなた方が見ずにすむことを。

若者達は何に悲嘆するのであろうか。彼らには力も希望もある。しかし、あなた方の若き日の支えであった老人達が涙することは、そして無力な悲嘆のなかに沈んでしまうことは、なんとみじめなことであろうか」

（セルマ・ラーゲルレーヴ[(1)]『イェスタ・ベルリングのサガ（Gösta Berlings Saga』より）

最悪なのは、父が座ってブツブツ言いながら体を前後に揺すってい

[(1)] （Selma Larerlof, 1858〜1940）スウェーデンの女性作家。1909年に、女性で初めてとなるノーベル文学賞を受賞。代表作に『ニルスのふしぎな旅』（1906年）がある。処女作は、『イェスタ・ベルリングのサガ』（1891年）である。

る時です。大きな声ではありませんが、どうしたのか尋ねても返事をしてもらえない私達にとっては、聞くに堪えないことでした。

　父は2〜3年前から私達のことが分からなくなりました。辛いのは、父がブツブツ言っている理由が、痛みのせいなのか悲しいせいなのかが私達に分からないことでした。コミュニケーションがとれなくなり、父のことが何も分からなくなってしまいました。まったく何も。

　ナーシングホームにいた最後の年月は、ほぼずっとそんな状態でした。しかし、私が父のそばに座り、手をとって頬をなでると、すぐに父は落ち着きました。時には嬉しいことに、突然頭を後ろにそらせて笑うこともあったのです！　まるで、小さい子どもが犬を見たり、好きな物を目にしたりした時のようでした。その度に私は、喜んで母のところにいってその話をしました。

　母は、そんな父の様子を見たことがありませんでした。50年間連れ添った夫がこんな状態になったことを直視できなかったのですが、だからといって母は父から離れることもできず、父に会いに行っていました。父のところに行かないほうが母のためにはよいのではないかということを、慎重に言葉を選びながら母に尋ねたこともあります。
「そんなことはないわ」と、母は言いました。
「やっぱり手を差し伸べて、あの人に触れたいと思うの」
　しかし、父のところに行く前の数日間、待ち構えているのが何かという不安感で腹痛になり、父に会ったあとは辛くなって数日間苦しむのでした。父のほうは、母に会ったことさえ覚えていないのですが。

　認知症の配偶者をもつ多くの人と同様、母もできる限り長い間、能力の限界を超えるまで自宅で父を介護しました。父の姿に耐えきれず、悲しみ、無力感に苦しめられ、父に怒鳴ったこともありました。

　亡くなるまでの25年の間、父の認知症は進行していきました。そし

て父は、私達が入ることも想像することもできない世界で孤独に亡くなりました。病気は非常にゆっくりしたスピードで進行していきましたが、病気を患った期間は、両親が連れ添った期間の半分も占めていました。みんな顔なじみという小さな田舎町で、個性をもって生きた人生でした。

私達5人姉妹は、みんな子どもの頃の父をよく覚えています。そのなかでも一番覚えているのは、一緒に通りを歩くと次々に知り合いに会って、立ち話をする父に私達がいつもイライラしたことです。のんびりした時代で、父は30分以上も立ち話をすることがありました。

母が落ち込んでいる時に、私は次のように言ったことがあります。
「お父さんとお母さんが、昔どんな様子だったかを思い出したら」
すると母は言いました。
「お父さんが、昔どんな人だったかはもう思い出せない」

それは、父の闘病中に母が言った最も悲しい言葉でした。母は、愛する人がまだ生きている間に少しずつその人を失っていったのです。しかし、悲しいことばかりではありませんでした。認知症を患ってから父の生来の明るさはますます目立つようになり、感覚が鋭くなった父と散歩に行くことが楽しかったのです。

「あの花を見てごらん！ なんて美しいのだろう！ ほら、木の上に鳥がとまっているよ！」

父はあらゆるものを発見しました。新しい発見に驚き喜ぶ父は子どものようでした。同時に私は、幼少の頃に一緒に森を散歩した父の姿を思い起こしました。父は変わっていませんでした。ただ違うのは、父のそれ以外の部分がまったく失われてしまっていることです。日常の問題に対する心配や大人としての責任はまったく消失してしまい、分かるのは花や鳥達、そして数少ない昔の思い出が何度もよみがえっ

てくることでした。

　港まで散歩すると、必ず対岸に目をやって次のように言っていました。

「アンディルススコーレン学校、1936年！」

　それは父が卒業した学校とその年で、そこで父は校長の娘であった母と出会ったのです。コペンハーゲンに住んだ数年間を除くと、両親はフュン島、特にミゼルファート（Middelfart）にずっと住んでいました。母は、今でもミゼルファートに住んでいます。

　父がまだ自分の忘れっぽさを自覚していて、認知症の診断を受けた最初の頃、そのことを自分で冗談にして言うことができました。電話を取ると、父はこう言いました。

「少々お待ちください。ソファに電話を回します（ソファには母が座っていました）。ほら、私は忘れっぽいもので……でも、だから年金をもらえるんですよ！」

••• 過去の影響 •••

　父は平和基金（Frihedsfonden）の年金を受けていましたが、それは両親の老後の生活を経済的に支えてくれました。長年にわたってヒンスガウル城の管理人をしていた父は、年配になってから初めて年金のような「つまらないこと」を考え始めました。

　50代の終わり頃に解雇された父は、その頃すでに認知症を患っていたと思われるのですが、誰も気づいていませんでした。解雇される直前に労働組合に加入したので、父と母は保証を得られ、住むところに困ることもありませんでした。

平和基金の年金は両親の生活を支えるものでしたが、もっと重要なのは、それがリストラされたという屈辱を埋めあわせるものであったことです。

　自分の国のために尽くしたのだから年金を受け取っているのだということを父は分かっていて、誇りに思っていました。それは、家族の私達にとっても大いなる慰めでした。しかし、後世の人々は、抵抗運動はこのようにすべきであったなどと偉そうに語ることがあり、聞いていると怒りを感じ、フラストレーションがたまることがあります。なぜ、歴史を多様な視点から語ることができないのでしょうか。

　父がドイツの占領に対する抵抗運動にかかわった時、どんなに若かったかということにあとから気づきました。占領の2か月後に生まれた長女の私は、当時のことをぼんやりと覚えています。両親から聞いたのは、父は夜にイギリス軍の飛行機から落とされた武器を受け取るグループに所属していたということです。父は27歳でグループのリーダーとなり、高価な武器はオーデンセ（Odense）の私達の古い家の地下室に運び込まれました。母は何も知らず、何も聞いてはいけないと言われていました。父がいない時には、私達3人姉妹を母のベッドに入れて一緒に寝ていたそうです。

　何年も経ってから、その当時に父がしたことが心身に負担をかけて、病気になったのではないかと言われました。父だけではありません。ほかの多くの人々が、厳しい年月を耐えた末に若年性認知症に苦しむことになったのです。しかし父は、歴史の最近の言説を目にする前に認知症になってよかったと思います。父がしたことは、最近語られているような英雄的な行動ではなく、かといって弾薬で敵を攻撃することでもなく、父はただ義務感にかられて行っただけなのです。

　父が私達に自分の経験を語ってくれたので、抵抗運動はデンマーク

人の誰もが参加する義務のようなものであると感じて私達は育ちました。父が特別なことをした人という話を聞いたことがありません。

・・・ 笑ってもいいのか？ ・・・

　父はボーンホルム（Bornholm）の出身ですが、わずかになまりがあるだけで、言葉から出身地はわかりません。父は長男の特権として農場を継いで故郷に留まることを少しも望んでいなかったので、意識的に方言を直したのかもしれません。

　父はボーンホルムから出たかったのですが、時々、遊びに来たいとも考えていましたし、事実、私の子どもの頃にはみんなでボーンホルムによく遊びに行きました。

　父がナーシングホームに入る少し前のことでしたが、私の夫イェンスが私の両親と一緒にボーンホルムへ週末旅行に行こうと言い出しました。その年の10月は、ボーンホルムで本当に気持ちのよい小春日和の続いた時期でした。父の認知症を考えると生まれ故郷に行くのはこれが最後になるだろうから、今のうちに行っておいたほうがよいと夫は考えていました。

　ボーンホルムに行ってみて、認知症とは何と不思議な病気なのかとつくづく思いました。なぜなら、父が生まれ育ったボーンホルムのネクスー（Neksø）の外れにあるボーディルスカ（Bodilsker）の農場に行っても特に感激した様子を見せなかったのに、一緒にパーアディスバガネ（Paradisbakkerne）を散歩していると昔のボーイスカウトの仲間の名前を思い出し、その時の思い出を長々と語り出したのです。

　父の妹達の家にも行きました。みんな父の姿に驚いたようですが、

父はひょうひょうとしていました。話をしても通じず、自分のことを覚えているのかどうかも分からない兄の姿に、叔母達はショックを受けていました。

次の日、改装されたウスタラース・ロンキアゲ教会に行きました。父は教会に感銘を受けたようで、関心を示しました。私達は母を教会のベンチに残し、管理人に教会の内部を案内してもらいました。最上階も見せてもらいましたが、父は壁にある穴について熱心に語っていました。何でも、沸騰した水か油を注いで敵の頭にかけるための穴だというのです！ 敵というのは、きっとスウェーデン人のことでしょう。

そこに少なくとも1時間はゆっくりと滞在しましたが、周囲の人は父がおかしいということにほとんど気づいていませんでした。教会の外にある墓地に出て、私は前のほうを歩いていました。振り返って、みんなに立ち止まるように言って家族写真を撮りました。シャッターを切ったあとに私は言いました。

「いい写真だわ。教会が背景になって素敵よ」

教会というキーワードをとらえて父は振り返り、教会を興味深げに眺めて言いました。

「教会のなかも見てみないか？」

夫のイェンスは、笑いをこらえて、墓地をじっと眺めている振りをしているようでした。私も笑いを必死でこらえました。まさに、教会のすべてを見た直後に父がそう言ったのですから、本当に喜劇でした。しかし、認知症の人の家族である私達は、苦難を抱えているほかの多くの人々と同様に、悲劇のなかに喜劇を見つけて時には笑ってもよいのです。そうしなければ、あまりにも悲しく耐えられなくなってしまいますから。

それに、私達は父のことを笑っているわけではありません。時には無力感を感じて笑ったり、また時にはほっとした気持ちで笑ったりしていました。認知症の人を家族にもつと、悲しいことや厳しい問題に対していつも判断を下さなければならないのです。そのためにも笑いが必要なのです。

　次のようなエピソードにも、私達は大笑いしました。それは、数年後に私の妹がナーシングホームで目にした光景です。父が共用リビングルームのテーブルのところに座って、その向かい側に90歳位の女性が座っていました。ひざ丈のワンピースを着てすらりとした脚を見せている素敵な女性でしたが、父やほかの入居者と同じ程度の認知症を患っていました。そして、突然、その女性がテーブルの上の紙ナプキンを父の前に差し出して言ったのです。
「新聞を読みませんか？」
　父は紙ナプキンをちらりと見て、答えました。
「いいえ、何も書かれていませんから結構です」
　この話を思い出すたびに笑ってしまうのですが、それは面白いからとか苦しい状況で笑っていたいからというだけではなく、この話によって慰めを得ることができるからです。つまり、２人ともが紙ナプキンを新聞だと思っているのであれば、混乱のなかにもある種のコミュニケーションが成立しているということになり、片方がまちがったことを言っている相手を笑うという関係でないことに安堵したからです。

　弁護士であった義母のイェデ・ヘクト・ヨハンスンは、アルツハイマー病を患っていました。アルツハイマー病とほかのタイプの認知症は、症状がとても似ていると思います。義母がナーシングホームに入居して間もない頃は、自分の部屋にほかの入居者を入れてとても親しそうに話していました。しかし、２人が話している言葉と言ったら……

傍で見て聞いているとまったくわけの分からない言葉でした。

　また義母は、人に理解してもらえないことに対する激しい怒りを感じていました。次第に名前を覚える能力が衰え、言葉もまともに話せなくなってしまいました。ある時、義母が自分の夫であるサム・ビーセコウとイェンスと私にある人のことを話そうとしたのですが、名前が思い出せませんでした。義母は、彼は「あそこの上のほう」、「あっちの右のほう」に住んでいる人だなどと話していましたが、そのうちに怒りだしました。最初は、自分の無力さに怒りを感じたのだと思います。幸い、イェンスとサムが思い出し、その人はフィンランドに住んでいる人だと分かりました。

　このことで私達は、自分ではよく分かっていることを、話したり書いたりしても他人に分かってもらえないということがどういうことなのか、少し分かったような気がしました。まったく地獄のような苦しみにちがいありません。

　父も、そのような怒りを感じている時期がありました。あるいは、悲しみを感じている時期と言ったほうがいいかもしれません。その頃、母は父の入浴や食事を手伝いながら怒鳴り散らしてばかりいました。だから私達は、喜びが悲しみに勝り、父が自分の物忘れを気にしていなかったよい時期を努めて思い出したいと思うのです。

　父が私の義理の弟と散歩をしている時、一組の夫婦と出会い、父は長い間立ち話をしていたそうです。その人達が行ってしまったあと、義弟が言いました。

「いい人達ですね、クヌーズ。誰ですか？」

　すると父は、無邪気にさばさばと次のように言ったそうです。

「全然知らないよ」

・・・ 屈辱と支援 ・・・

　自治体の最も大きな過ちは、父に仕事をさせたことです。規定によると、父はそれ以上支援を受けることができないので、労働能力が失われていることを「証明」するために仕事を試してみなければならなかったのです。父は市役所に行って、封筒に切手を貼って封をするという仕事をしました。仕事を終えて家に帰る時には自分の上着を見つけることができませんでしたし、ある日などは、家にいる母のところに職場から泣きながら帰ってきたこともありました。考えると痛ましいことです。町の誰もが知っている父、地域の名誉あるポストをいろいろと務め、顔も広く活躍していた父がこんなに屈辱的な思いをしたのです。幸い、それは長く続きませんでした。

　その一方で、ミゼルファート市が両親によくしてくれたこともお伝えしなければなりません。

　父がナーシングホームに入る少し前、ホームヘルパーに一日最低3回は来てもらい、食事、着替え、掃除などを手伝ってもらっていました。父が毎日1時間散歩をする時に付き添ってくれる人がいたのですが、その人件費を毎月支払ってもらう手続きに私は同席したことがあります。

　玄関先まで父を迎えに来てくれて、1時間ほど一緒におしゃべりをしながら散歩に付き添ってくれる女性がいたのですが、それは妹の友人で、私達のことをよく知っていたのでとてもよかったです。共通の話題が常にありましたし、父もその女性が「イェデ」という名前であることを理解していました。

　彼女は、どうすれば父が喜ぶかをよく分かっていました。当時、私

の母はまだ車を運転していたのですが、イェデが時々車を母から借りて父とドライブに行っていました。時には、自分の息子を連れてきたり、自分の家に父を連れていってくれたりすることもありました。父は安心しきっていました。混乱した世界にいる認知症の父にとって、安心感は基本的なニーズとも言えるものでした。

　先が読めないとすぐに不安になるので、毎日決まったリズムで生活することが不可欠でした。両親は60代の終わりにコペンハーゲンに移ったことがあるのですが、その時に母はまさにこのことを感じたのです。

　コペンハーゲンへの転居は、一人で決断を下さなければならなかった母にとっては勇気のいることでしたが、母は子ども達が住んでいるところの近くに行きたいと思ったわけです。そうして2年間、コペンハーゲンにいましたが、その後、ミゼルファート市に戻ってしまいました。コペンハーゲンという大都市への転居はもっと早くにするべきでした。というのは、父はもはや新しい場所を覚えることができなかったからです。

　そういうわけで、この毎日の散歩は重要な意味をもっていました。父は歩くことが大好きでしたが、何度か一人で散歩していて帰り道が分からなくなってしまい、母は恐ろしい思いをしたことがありました。私達の別荘に遊びに来た時にもそういうことがありました。その頃の父は、自分があまり多くのことができないということを理解している段階でした。

　ある時、私の妹2人が父を別荘の近くの海岸まで連れていったところ、父は突然「帰りたい」と言い出しました。妹達は階段を指さして、「あそこを上がれば家に戻れる」と言いました。階段を上がって小道をちょっと歩けばすぐに帰れる距離でした。しかし、父は別荘を通り

すぎてしまい、道が分からなくなってしまったのです。

　数時間後、見知らぬ親切な人のお宅に入れてもらっていることが分かりました。父は家族の名前も言うことができなかったので、その人達も助けようがなかったのです。

　父の散歩は機械的に進み続けるマラソンのように延々と続き、どうして父が疲労で倒れてしまわないのか不思議でたまりませんでした。父が、ちょっと気味の悪いぐらいの必死の形相でジャケットをはおって、家を出て、戻ってきたらジャケットを脱いでハンガーにかけ、リビングルームに戻ってからまた出かけるという一連の行動を延々と繰り返しているのを見たことがあります。母は気がおかしくなりそうになりました。まるで、ハツカネズミが回し車のなかで走っているように見えました。

　父が外に行かないようにするためにどうすればいいか見当がつきませんでしたが、ついに私はいい考えを思いつきました。部屋のカーテンを閉めて灯りをつけ、父に「夜だ」と思い込ませ、散歩はもうやめておこうと考えるようにしたのです。しかし、そこに至るまでには、やはり同じ行動を数時間繰り返しました。

　だんだん状態が悪くなり、父が一人で外出することは禁じられ、ドアが施錠されるようになりました。その後、自治体のほうから散歩の付き添いのサービスを受けるようになり、父は毎朝の散歩が楽しみになりました。

　最後にはナーシングホームに入居するようになったわけですが、様々な活動をすることはなくなりました。父は本をちょっと読んだり、決まった絵について話したりしていました。次第に、1冊の本しか見ないようになりました。ロボットのように決まった本を取りに行き、本を開け、座って読むこともなくそれを閉じて戻すという行動を何度

も繰り返していました。とうとう、その本はボロボロになってしまいました。

父の頭のなかで、いったい何が起こっていたのでしょうか。自分が何をしているのかを父は分かっていなかったのでしょうか。父はうんざりしていたのでしょうか。不幸だったのでしょうか。まったくと言っていいほど、私達には分かりませんでした。

・・・ 孤独な死 ・・・

父が一人で亡くなったことを考えると辛くなります。もちろん、ナーシングホームで亡くなったのですが、真夜中だったので誰もそばにいませんでした。それは夏のことで、別荘にいた私は、父の具合が悪いと聞いていたのでミゼルファートの父のところに行こうと考え、近所の人に、留守中の飼い猫の世話をお願いしていたところでした。

早朝に電話が鳴り、「クヌーズが夜中に亡くなりました」と告げられました。

父のそばにいて、手を握っていたかったと思いました。そうすれば、きっと私のことが分かったと思います。その数年前に私は夫を若くして亡くしていたので、父の死を心から感じる状態ではなかったと思います。しかし、それでも深い悲しみを感じました。そのずっと前に、すでに父が父でなくなっていたことに対しても悲しみを感じていました。

運命のいたずらによって、私の夫イェンスの母親、つまり私の義母も父が認知症になったあとにアルツハイマー病になりました。義母は、精神的にも、外見的にも、父よりもずっと大きく変わってしまいまし

た。義母は自分の息子であるイェンスの死を経験し、葬儀にも参列しました。しかし、それが自分の息子であることを理解していたかどうかは定かでありません。そういうことが分からなくなっていましたし、人の名前も覚えていませんでした。

　ところが、その後、義母は数年来初めて意味の通じる言葉を発したのです。それは、私が葬儀の次の日に義母に電話をかけた時でした。調子はどうですかと聞く私に、義母はためらわずにはっきりとした声で言ったのです。

「ええ、元気ですよ。あなたはどう？　あなたのほうがずっと辛いでしょうに」

おわりに

　本書では、認知症の近しい家族をもつ人に個人的な体験を語っていただきました。
　認知症の家族のことを、「彼は陰のなかに入っていってしまいました」と表現している執筆者もいました。本書の出版に関心をよせて、率直に経験を書いてくださった人たちに、感謝の言葉を送りたいと思います。
　社会問題を主に取り扱うジャーナリストとしては、本書の編集に携わるきっかけをいただいて大変嬉しく思っています。
　数年前から近所の友人がアルツハイマー病を患っていて、その妻が介護のすべてをこなそうと必死で頑張っている姿を私は見てきました。力の限りを尽くしたのですが、すでに限界で、他人の手を借りなければなりませんでした。ナーシングホームに入居することになったのですが、妻はそれを敗北だと感じていたようです。
　最終的によいナーシングホームを見つけて、そこに住み続けることになりました。入居者に敬意をもって対応し、尊厳のあるケアを提供するそのナーシングホームに心を打たれ、妻はついに罪悪感と不安感

を手放すことができ、夫が穏やかで満足そうな表情を見せることになったことを喜んでいました。

　本書の編集にかかわってから間もなく、私は26年間も連れ添った夫を失いました。私の人生は180度変わってしまいました。本書の編集を通じて私は、認知症の夫または妻を亡くしたほうがまだましだと話す人達と出会いました。まだ生きているのに、すでに遠いところに行ってしまった夫や妻を見ることはとても悲しいことです。

　危機的な状況が常に間近に迫っていて、ときには生活を飲み込んでしまいます。しかし、やがて悲しみから自分が出ていったり、また入っていったりすることができると思います。幸運なことに、私の場合、編集者としてかかわり、話をした多くの認知症の人の家族が近くにいました。それはとても嬉しく、ありがたいことでした。

　本書の執筆者のなかには、誰も自分のことを気にかけてくれず、自分の不安な気持ちを話す人がいないと感じていた人がいました。
「夫は、病気のおかげで友人達から相手にしてもらえなくなりました」と言ったのは、執筆者のなかの１人の女性です。認知症の配偶者のことを恥じて隠そうとしていた人もいれば、孤立していた人もいます。

　本書の編集を通じて、私は多くのことを学びました。そして、認知症については、医学的・病理的な面から注目するだけでは不十分であることが分かりました。確かに、医学分野における研究は重要で、アルツハイマー病を治療する薬の開発を誰もが待っています。現在のところ３種類の薬がありますが、どれも大きな効果を上げていません。効果のある薬が開発されるまでは、一人ひとりを大切にする個別ケアに力を入れなければなりません。

本書が、認知症の人の家族にヒントや情報を与え、研究や介護の分野で寄与すること、そして認知症の人の家族が置かれている状況を社会に伝えられることを祈っています。

イーヴァ・ボーストロプ

あとがき

　本書の編集の真最中に、この本の内容が突然現実味を帯びて私に迫ってきました。73歳になる私の父が脳出血で倒れ、その影響で人格も行動も変わってしまったのです。つまり、本に登場する人達と同じような状況に陥ってしまったのです。

　その結果、私は、単に本書の編集者としてかかわるだけでなく、個人的に認知症にかかわることになりました。突然、認知症の人を家族にもつとはどういうことか、実感をもって分かるようになったのです。つまり、父と対等に大人の会話ができる娘から、父の世話をしなければならない娘へと役割が変化したのです。

　本書は「悲しみと喪失のシリーズ」の8冊目になりますが、私はシリーズの多くの読者達と同じように、本書の記述を自分の鏡のごとく読むようになりました。自分と同様に大変な状況にいる人々の体験に助けられ、本書は自分にとっても大きな価値をもつものとなりました。変わってしまった人生により良く対処していくために、私はどのようにして母を支えていけばよいのか、ヒントを得ると同時に力をもらうことができました。

人生の困難な状況を率直に語ってくれた執筆者全員にお礼を申し上げます。語られた彼らの人生には、悲しみやみじめさばかりではなく、ときには思わず目が輝くような喜ばしいエピソードや楽しい話もありました。

　本書が私を助けてくれたように、読者のみなさんを助けるものであることを願っています。そうなれば、本書の意義は計り知れないものになるでしょう。

　　　　　　　　　　　　　　　　　　　　　　　ビアギト・マスン

関係機関の連絡先（デンマーク）

アルツハイマー病協会（Alzheimerforeningen）
事務局　住所：Sankt Lukas Vej 6, 2900 Hellerup, Denmark
電話：39 40 04 88，ファックス：39 61 66 69
受付時間：月・火・水・金9〜15時、木14〜18時
ホームページ：www.alzheimer.dk
メールアドレス：post@alzheimer.dk

アルツハイマー病協会の目的
・アルツハイマー病や認知症について情報提供・相談を行い、かかっている本人と家族の置かれている状況を社会に周知すること
・認知症の人と家族がより快適に暮らしていくことができるために諸事業を行うこと
・認知症に関する研究を支援すること

高齢者問題全国連盟（Ældre Sagen）
ボランティア部門　住所：Nyropsgade 45, 1602 København V, Denmark
電話：33 96 86 86

高齢者問題全国連盟は、全国に215の支部があります。問い合わせれば相談や支援を受けることができます。介護負担軽減サービスを行っている支部もあります。

認知症ホットライン
電話：39 62 29 19（通常の電話料金）
受付時間：月・火・水・金9〜15時、木14〜18時
メールアドレス：demenslinien@alzheimer.dk

認知症ホットラインは認知症にかかわるあらゆる相談を受ける無料の相談機関です。認知症の人、家族、認知症にかかわる専門家、学生など誰でも利用して助言

や知識を得ることができます。希望すれば匿名で相談を受けることも可能です。相談を受けるのは、認知症の分野で長い経験と豊富な知識を持つ専門教育を受けた相談員です。

関係機関の連絡先（日本）

社団法人　認知症の人と家族の会
本部事務局住所：〒602−8143　京都市上京区堀川丸太町下ル京都社会福祉会館内
電話：075−811−8195，ファックス：075−811−8188
ホームページ：http://alzheimer.or.jp/jp/index.html

〈認知症の電話相談（本部）〉
電話：0120−294−456
受付時間：土・日・祝日を除く毎日10〜15時

全国どこからでも無料（携帯、ＰＨＳは不可）。家族の会が行う事業で、研修を受けた介護経験者が相談を受けています。

高齢者総合相談センター（シルバー110番）
電話：♯8080（プッシュホン回線のみ）（その地域の高齢者総合センターにつながります）

各都道府県に１か所ずつ設置され、高齢者及びその家族が抱える各種の心配ごとや悩みごとに対応するために、電話や面接による相談に応じています。相談は無料。

財団法人　認知症予防財団
住所：〒100−8051　東京都千代田区一ツ橋１−１−１　毎日新聞社２階
電話：03−3216−4409，ファックス：03−3216−3620
ホームページ：http://www.mainichi.co.jp/ninchishou/index.html

〈認知症110番〉
電話：0120－654874
受付時間：月・木（祝日除く）10〜15時

認知症の高齢者の介護者のための無料電話相談。

地域包括支援センター
連絡先：各地域の地域包括支援センターまで

各区市町村に設置される、介護保険法で定められた施設で、全国に約4,000か所あります。高齢者の生活・介護に関する総合的な相談に応じています。

訳者紹介

石黒　暢（いしぐろ・のぶ）
1993年　大阪外国語大学外国語学部デンマーク語・スウェーデン語学科卒業。
1995年　同志社大学大学院文学研究科社会福祉学専攻博士前期課程修了。
現在、大阪大学 世界言語研究センター准教授
専門：高齢者福祉論
主な著訳書：『世界の社会福祉⑥―デンマーク・ノルウェー』旬報社、1999年（共著）、『スウェーデンの家族とパートナー関係』青木書店、2004年（共著）、『シニアによる協同住宅とコミュニティづくり――日本とデンマークにおけるコ・ハウジングの実践』ミネルヴァ書房、2011年（共編）、ヤン・ポールソン著『新しい高齢者住宅と環境―スウェーデンの歴史と事例に学ぶ』鹿島出版会、2000年（翻訳）、ビアギト・マスン & ピーダ・オーレスン編『高齢者の孤独』新評論、2008年（翻訳）

シリーズ〈デンマークの悲しみと喪失〉

認知症を支える家族力
――22人のデンマーク人が家族の立場から語る――

2011年2月25日　初版第1刷発行

訳　者　石黒　暢
発行者　武市一幸
発行所　株式会社　新評論

電話　03(3202)7391
振替　00160-1-113487
http://www.shinyoron.co.jp

〒169-0051
東京都新宿区西早稲田3-16-28

装丁　山田英春
印刷　フォレスト
製本　桂川製本

定価はカバーに表示してあります。
落丁・乱丁本はお取り替えします。

©石黒　暢　2011年　　ISBN978-4-7948-0862-2
Printed in Japan

新評論好評既刊　　「ケア」と「共生」を考える本

B.マスン&P.オーレスン編／石黒 暢 訳
高齢者の孤独　　シリーズ《デンマークの悲しみと喪失》
25人の高齢者が孤独について語る

別離，病，家庭の不和…。赤裸々に語られる人生の悲喜。
[A5並製 244頁 1890円　ISBN978-4-7948-0761-8]

J.グルンド&M.ホウマン／フィッシャー・緑 訳／須山玲子=編集協力
天使に見守られて
癌と向きあった女性の闘病記録

日野原重明氏推薦：「この夫人の姿はなんと感動的なものか」。
[四六並製 214頁 1890円　ISBN978-4-7948-0804-2]

松岡洋子
デンマークの高齢者福祉と地域居住
最期まで住み切る住宅力・ケア力・地域力

住み慣れた地域で最期まで！デンマーク流最新"地域居住"。
[四六上製 384頁 3360円　ISBN4-7948-0676-0]

西下彰俊
スウェーデンの高齢者ケア
その光と影を追って

福祉先進国の高齢者ケアの実情解明を通して日本の課題を探る。
[A5上製 260頁 2625円　ISBN978-4-7948-0744-1]

P.ブルーメー&P.ヨンソン／石原俊時 訳
スウェーデンの高齢者福祉
過去・現在・未来

200年にわたる高齢者福祉の歩みを辿り，この国の未来を展望。
[四六上製 188頁 2100円　ISBN4-7948-0665-5]

L.リッレヴィーク 文／K.O.ストールヴィーク 写真／井上勢津 訳
わたしだって、できるもん！

共生の喜びを教えてくれるノルウェーのダウン症の少女の成長記。
[A5並製 154頁 1890円　ISBN798-4-7948-0788-5]

＊表示価格はすべて消費税（5％）込みの定価です。